宮廷を追放された最強テイマーは、Ｓランク冒険者に拾われました
～のんびりもふもふ図鑑を作るので構わないでください～

軽井 広

目次

第一章　窓辺の用心棒？ ……………………………… 9

第二章　雷鳴の騎士の復讐 ………………………… 51

宮廷を追放された最強テイマーは、Sランク冒険者に拾われました

のんびりもふもふ図鑑を作るので構わないでください

追放された幼いテイマー

アルテ

魔術師を目指していたが、12歳の儀式でテイマーのスキルしか手に入らず、役立たずと宮廷を追い出されてしまう。

国最強の冒険者

フラン

国でも最強クラスの冒険者だったが、博物学者になるために引退した。人間と魔獣の共生する世の中を作ることを夢見ている。

敏腕メイド

テミィ

フランに仕えるメイド。もともとは冒険者だったが、怪我で引退している。物事の察しがよく、アルテの姉のような存在。

ツンデレ従者

エル

フランの従者で、同じ屋敷に住んでいる少年。フランに特別扱いされているアルテのことを良く思っていないようで…!?

アルテのライバル?

イリヤ

宮廷魔術師を目指していたアルテの元クラスメイト。貴族の子で、自分よりも成績の良いアルテをいつもライバル視していた。

もふもふ聖獣

キュピー

アルテが拾い、初めてテイムした毛玉のようなもふもふ。きゅぴっ、と甲高い声で鳴く。シロナキウサギという魔獣。

CHARACTER

第一章　追放と出会いと

宮廷魔術師《きゅうていまじゅつし》。

それは王様のそばに仕える魔術師たちのこと。

彼ら彼女らは魔術師の中でもエリートで、高い能力を持っているだけでなく、貴族に準ずる上流階級として扱われる。その月給は、裕福な職人の一年分の給料の十倍はあるし、王様から大きなお屋敷だってもらえる。

みんなが尊敬し、憧れる職業だ。

「……わたしも宮廷魔術師、なりたかったなあ……」

わたしは、灰色の空を見上げて、小さくつぶやいた。こんな愚痴、誰か聞いてくれるわけじゃないんだけれど……。

グレイ王国の王都の路地裏に、冷たい風が吹いて、わたしは思わず身を震わせた。真冬の夕暮れに、ボロ布一枚しかまとっていないんだから、寒くて当然だ。

ひとりぼっちのわたしの名前は、アルテという。……ちょっと前までは、ひとりぼっちなんかじゃなかった。

わたしはもともと孤児だった。物心ついたときには王都の路地裏で、ほかの貧しい子どももたちと一緒に物乞いをしていた。

けれど、そんなわたしの前に、ある日、ひとりの白ひげのご老人が現れた。その人は宮廷魔術師のグレンヴィル様で、六歳……正確な年齢はわからないけれど六歳ぐらいのときに、わたしはその人に拾われたのだ。

そして、宮廷にある魔術師養成学校に通うこととなった。

グレンヴィル様はべつにわたしだけに目をかけていたわけじゃない。魔力のあるたくさんの子どもたちを集めていたみたいだった。

それでも、わたしはうれしかった。孤児だったのに、宮廷魔術師になれる可能性が出てきたんだから、当然だ。

だから、わたしは一生懸命がんばった。宮廷魔術師になるために。みんなに必要とされる存在になるために。

だけど。

「スキルが……テイムだなんて……」

わたしはため息をついて、宮廷から追い出されたときのことを思い出した。

☆

宮廷魔術師を目指す子どもたちは、みんな十二歳のときに、祝福の儀式を受ける。女神の祝福を受けて、特別なスキルを授かるという儀式だ。

宮廷魔術師を目指していたわたしたちも、当然、その儀式を受けた。

どんなすごいスキルがもらえるんだろう？

みんなわくわくしていて、わたしも期待に胸を膨らませていた。宮廷の広間のひとつに、わたしと同じ十二歳の子どもたちが集まっていた。奥には祭壇があって、真ん中に祭司様がいる。祭司様が女神の加護を使って、順番にスキルを授けていくのだ。

イリヤという女の子は、大賢者と剣聖という最上級のスキルをふたつも手にした。大賢者はあらゆる高度な魔法の習得を容易にするし、剣聖は手にした剣に聖性を付与する。どちらも強力で貴重なスキルだ。

イリヤはいつもわたしをライバル視していた。イリヤも賢い子だけれど、でも、わたしの方が学科も魔法もずっとよい成績を取っていたのだ。

イリヤは黒髪黒目《くろかみくろめ》の美少女で、しかも貴族の生まれだった。だから、孤児なのに自分より優秀なわたしの存在を許せなかったのかもしれない。

イリヤは自慢げに黒い瞳で、わたしを見つめた。

「どう？　私の大賢者と剣聖のスキル、すごいでしょう？　あんたなんかには手に入らないでしょ」

「さあ、どうかなあ」

わたしは微笑《ほほえ》んだ。余裕の笑みのつもりだった。今までだって、わたしはイリヤの上を行った。孤児でも貴族でも女神様は平等に愛してくれている。そうわたしは信じていた。

ううん、わたしは、魔法も学科も得意な自分が選ばれた存在だと思っていた。

けれど……。

「アルテさん……あなたに与えられたスキルは……テイムです！」

祭司様がそう告げると、その場はしーんと静まり返った。

それはハズレスキル……ですらなかった。忌まわしい、呪われたスキルだ。

魔獣を飼いならすというのが、そのスキルだった。

人間の敵である魔獣。動物に近い見た目だが、闇夜に潜み、時には人を食らう生き物。

魔獣は、慈愛の女神にも存在を許されていない異端者だと教会では教えている。かつては、魔獣たちが今よりもっとたくさんいた。そんな魔獣を飼いならすスキル・テイムを持つ人間も……同じように扱われてきた。本来、スキルは女神から与えられるものだけれど、一部の異端スキルは、邪神の力も宿るものとされている。

テイムの力も、そうだった。テイムの力が嫌われるのは、魔獣自体が忌み嫌われているからでもある。けれど、もうひとつ理由があった。古い時代、トラキア人と呼ばれる人々がいた。

彼らは邪神《じゃしん》を信仰し、そしてテイムの力を乱用して、魔獣を使って悪事を働いたからだ。トラキア人は各地を侵略して、略奪を行うどころか、グレイ王国をも魔獣の力で恐怖のうちに支配しようとした。

多くの人々がテイマーと魔獣の手で虐殺された。そんな彼らは王国の魔術師たちの反撃で滅ぼされたけれど、今でもその末裔《まつえい》が残っている。トラキア人の容姿の特徴は……銀髪銀眼だったとも言われる。

そして、わたしも瞳が銀色だし、髪も銀色なのだ。今まで、そのことを気にしたことはなかったけれど……。

「やっぱり、血は争えないのか」

ひそひそと、宮廷魔術師の誰かが言う。

わたしは呆然とした。たしかに、わたしにはもしかしたら、トラキア人の血が混じっているかもしれないとは思っていた。だけど、そんなこと、実際どうなのかわからないし、たまに陰口をたたかれることはあっても、みんなとも仲よくやってきて、なにひとつ問題はなかったのだ。自分がテイマーになるなんて、思いもしなかった。

テイムは、宮廷魔術師としてはなんの役にも立たないどころか、持っていてはいけないスキルだった。魔獣を飼いならすだけでなく、強化し、癒やすこともできるらしいけれど、しょせん、異端者の魔獣を扱うスキルだ。

みんなは、わたしを冷ややかに、蔑むように見つめていた。イリヤだけが戸惑ったようにわたしを見つめている。

そして、グレンヴィル様がわたしに告げた。

「今日限りで、君は宮廷から去りなさい」

当然だった。

わたしは宮廷魔術師に育てるために、引き取られた。なのに宮廷魔術師になれないどころか、女神の敵たる異端のスキルを手にしてしまった。

わずかなお金も与えられず、それどころか魔術師のローブも奪われた。そしてボロ布一枚だけを身にまとい、宮廷から叩《たた》き出された。

☆

こうして、未来の宮廷魔術師という夢を失い、わたしは……路地裏に帰ってきた。昔は路地裏にいることがあたり前だったけれど、今は違う。

宮廷で見習いとはいえ魔術師だったんだから、それなりに贅沢《ぜいたく》な暮らしをしてきた。身の回りの世話をしてくれる人もいたし。

でも、今のわたしには住むところもなければ、お金もないし……食べるものもない。

どうしよう……？

昔は六歳の子どもだったわたしも……今では十二歳だ。

少しは大人になったつもりだし、ボロ布一枚というのは恥ずかしい。それに、路地裏には危険がいっぱいだ。

ともかく、冬の寒さをなんとかしないといけないけれど……。このままだと翌朝には凍死した死体がひとつ、路地裏に転がっていることになると思う。

ただ、わたしはこの路地裏以外には行けない。

王都はぐるりと城壁に囲まれていて、もう辺りも暗くなっている時間だから城壁の門は閉ざされている。そういうわけで王都の外へは行けない。かといって、表通りにこんなぼろぼろの格好でいれば、町の人たちから石を投げられること間違いなしだ。

だから路地裏……王都のスラムにわたしはいるしかないのだ。

ここは王都の東地区イースト・エンド。飢饉《ききん》の農村から逃げてきた貧しい人たちや、職を失ったり病気にかかったりした人たちがたくさんいる。

とても……暗い場所だ。

それでも、人がちゃんと住んでいる建物も少なくない。そんなところに忍び込むわけにもいかないだろう。

そんな中で、蔦《つた》に覆われたレンガの廃墟が目にとまった。

これだ。

わたしは廃墟に入ってみた。昔はギルドみたいな公共の機関があったのかもしれない。それぐらいの広さだった。

朽ちた家具のようなものがところどころに置かれている。

割れた鏡が目に入る。そこに、わたしの姿が映った。銀色の髪に銀色の瞳。トラキア人の末裔に特有の珍しい容姿だ。けれど、魔術師のローブを着るとよく似合うし、わたしは自分の見た目が嫌いじゃなかった。このあいだまでは。

今は……この見た目であること、つまりトラキア人の血を引いているらしいことがテイマーになった理由かと思うと、やるせなかった。やっぱり、わたしが素性の知れない孤児だから……こんな目にあうんだろうか。

しかも、今のわたしが着ているのは魔術師のローブじゃない。ボロ布をまとっていると、ただの変な見た目の子どもだった。

ううっ。寒い！

わたしはきょろきょろと辺りを見回した。

「やった！　毛布がある」

汚くてぼろぼろだとはいえ、あるとないとでは大違いだけれど……。

一瞬喜んでから悲しくなる。こんなことで喜ばないといけないなんて……。

今日はここで過ごすとしても……明日から、わたしはどうすればいいんだろう？

わたしはもう、宮廷魔術師にはなれない。ううん……このままどこかで死んで、大人にもなれないかもしれない。

「わたしを必要としている人なんて、誰もいないんだ……」

廃墟の天井をぼんやりと見つめ、つぶやいた。

わたしは魔獣をテイムするスキルを持っている。そのスキルは呪われたものだ。

わたしは女神様の敵なんだ。

わたしを待っていたのは、処刑でもなければ、幽閉でもなく、追放だった。それは温情なのかもしれないけど、かなり困ったことにはかわらない。

わたしがもし、とても役に立つスキルを手に入れていたら、宮廷を追い出されても困らなかったと思うけれど……。テイムのスキルで、どうやって生きていけばいいんだろう？

魔法の杖もないし、普通の魔術も完全には使えない。

けど、なにもできないわけじゃない。

わたしは指をぱちんと鳴らして、指先ほどの小さい火を灯す。わたしは成績優秀な宮廷魔術師見習いだった。だから、このぐらいはお手の物だ。

その炎を少し大きくして暖を取る。ぼわっと炎が揺れて、廃墟のレンガの壁を照らした。

そのとき、物音がした。

もしかして……。

「誰かいるの⁉」

そう言ってから、わたしは「しまった」と思った。もし相手が危険な人だったら……これでは自分の居場所を教えているようなものだ。

それに、火も目立つ。慌ててわたしは指先の炎を消したが、遅かった。

次の瞬間、わたしの視界に真っ白ななにかが飛び込んできた。

「きゃあっ！」

思わず悲鳴をあげ、わたしは目をつぶった。

けれど……なにも起こらない。ただやわらかい感触があるだけ。

おずおずと目を開けると、わたしの両腕の中に、白くて小さい毛玉があった。

毛玉、じゃなくて生き物だ。きゅぴっと甲高い声で毛玉が鳴く。

白い毛皮で、大きな耳がぴょこんと立っている。わたしの両腕にすっぽり収まるぐらいの体だ。そして、つぶらな黒い瞳がわたしを見つめる。

きゅぴーともう一度、そのもふもふは鳴き声をあげた。

「……か……かわいい！」

目の前のもふもふ生物はとても愛らしかった。……大きめのハツカネズミ？　みたいな感じだ。さわり心地も抜群にいい。

さっきの物音は人じゃなくて、この子みたいだった。見ると、ぼんやりとこの子の上に文字が浮かんでいる。「シロナキウサギ」と。

……ハツカネズミじゃなくて、ウサギなんだ……。

じゃなくて、この文字はいったいなんだろう？　……たぶん、テイムのスキルによるものだ。

魔獣の名前を知ることができる。

ということはこの子も、魔獣なんだ。時として人を襲う、恐ろしい生物が魔獣だけれど……この子はぜんぜんそんなふうに見えない。もしかしたら、こんなふうに抱きしめていたら、危ないのかもしれない。

でも……。

「かわいいから、まあ、いっか」

わたしはぎゅっともふもふの魔獣を抱きしめた。きゅぴっともう一度、もふもふの子が鳴き声をあげ、わたしをつぶらな瞳で見つめる。

「君もひとりなの？」

わたしはもふもふに話しかけてみた。すると、わたしの言葉が通じたのか、それとも偶然なのか、こくっともふもふはうなずいた。

くすっとわたしは笑う。仮に危険な魔獣だとしても、どうせ、わたしには未来はないんだ。ここでこのもふもふの子に襲われて死んだとしても、なにも変わらない。

それに……。

「使ってみようかな、テイム」

せっかくわたしの腕の中には魔獣がいる。わたしはテイムのスキルを持っている。使ってみよう。かつて古い時代に魔獣を操り、人々を苦しめたトラキア人のスキルだ。本当は使うこともなく、封印しておかないといけないスキルなのかもしれない。けれど、すべてを失ったわたしには、異端だのなんだのなんて関係ない！

わたしは手をかざした。えーと、呪文の詠唱とか必要なのかな？

宮廷にいることができれば、書庫でスキルの詳しい使い方を知ることもできたと思うけれど……残念だけど、それは無理だ。

まあ、念じれば発動するという魔法も多いし。

わたしはもふもふくんの頭の上に右手をかざしてみた。もふもふくんが首をぴょこんとかしげる。

「テイム」

小さくつぶやくと、ふわっ、と青い光が輝く。わたしはびっくりして、もふもふくんを落としかけて、慌てさせてしまった。

かざした手をとっさにもふもふくんの体へと回し、ぎゅっと抱きしめる。

光の源は、わたしの手、それからもふもふくんのようだった。わたしの右手の甲には、青く星形の模様が浮かんでいる。それがもふもふくんの背中にも現れていた。

もふもふくんに触れると、なにか温かいものが胸に流れ込んでくるような気がする。もふもふくんも口の端を上げて、「きゅぴー」とうれしそうに鳴いた。

……たぶん、テイム完了ということなんだろう。これでこの子は、わたしの使い魔だ。

「あと、そうだ。名前をつけてあげないと」

もふもふという呼び名も変だし。魔獣を操るテイマーは、使い魔には名前をつけていると本で読んだことがある。

しばらく考えて、わたしはぽんと手を打った。

「君の名前は『キュピー』。どうかな？」

我ながら、安直なネーミングだけど。でも、もふもふくん……キュピーは、首をこくっと縦に振り、「きゅぴきゅぴっ」と喜んでくれた。

……テイムのスキルは役にも立たないし、嫌われるスキルだけど。でも、こんなかわいい生き物を仲間にできるなら、悪くないかもしれない。

ちょっとだけ、明るい気持ちになる。宮廷魔術師になるという夢は失ったけれど、きっと代わりのなにかを見つけられるはず。

そのとき、一瞬、廃墟の柱の陰に、ちらりと人影が見えた気がした。しかも、魔術師のローブを着ているような……？

わたしのいる廃墟は人が来るような場所じゃない。まして、魔術師が来る理由もない。わたしが目をこすって、もう一度見直すとそこには誰もいなかった。

見間違いかな……？

そう思ったとき、すさまじい物音がする。わたしは慌てて振り返った。

なんの音？

建物が壊れかけたんだろうか？　けれど、そうではなかった。

そこにはわたしの身長の二倍ほどもある、巨大な生き物がいた。熊、だろうか。そのあまりにも禍々《まがまが》しい見た目に思わず息をのむ。

銀灰色《ぎんかいしょく》の毛皮は美しく光っていたけど、その鋭い金色の瞳が真っすぐにわたしを見つめている。その熊の手の先に、大型の鉤爪《かぎづめ》がついていた。

いくら王都のスラム街イースト・エンドとはいっても、熊が出たりするなんて聞いていない。

いや、ただの熊じゃない！　その熊の右に、青く光る文字が浮かんでいる。「チャペル・ベア」というその文字は、踊るように光っていた。

魔獣だ。れも……本当に人間に危害を加えるようなタイプの。

周りには誰もいない。わたしには魔法の杖もないし、身を守る手段は、弱い魔法の力だけ。

このままだと……殺される。わたしは恐怖に身がすくむのを感じた。

逃げられる……だろうか？

きっと無理だ。

チャペル・ベアの大きな腕がわたしに向かって振り下ろされる。ここで、このまま、わたしは誰からも必要とされないまま……死ぬんだ。

その瞬間、わたしの腕の中から、白い毛玉が飛び出した。

毛玉……じゃない。キュピーだ！

キュピーは「きゅぴっ」と鳴くと、その頬を大きく膨らませ、そして、紅蓮色《ぐれんいろ》の炎を口から吐いた。炎を避けようとチャペル・ベアはうしろに飛びしさり、そのおかげでわたしは助かった。もしかして、キュピーはわたしを助けようとしてくれているんだろうか。テイムの力でわたしの使い魔になったから……。

キュピーがかなう敵のようには見えない。それでも、キュピーは必死に戦おうとしてくれていた。

わたしにもできることがあるはず！

手の甲に刻まれた模様が、青く光りだす。同時にキュピーの体も淡く発光した。

そっか……！　テイマーのスキルで、キュピーを強化できているんだ。

キュピーの二発目の炎は、チャペル・ベアに直撃した。チャペル・ベアは苦痛のうめきをあげる。

これなら……もしかしたら！

倒せる、あるいは倒せないとしても逃げる時間ぐらいは稼げるかも。でも、そんな期待はすぐに泡のように消えてしまった。

ぐるると低い声が背後からした。

振り返ると、そこには……もう一体、チャペル・ベアがいた。

「な、なんで⁉」

廃墟の中とはいえ、ここは王都の一角。こんな大型の魔獣が出てくるはずなんてないのに。

キュピーは二体目にも攻撃しようとしたが、次の瞬間にはチャペル・ベアの腕でなぎ払われ、壁に叩きつけられた。

「キュピー！」

わたしは叫び、同時にキュピーを助けに行こうとする。けれど、その前にチャペル・ベアが立ちはだかった。

「あっ……」

その巨大な腕がわたしに伸ばされ、わたしの体をわしづかみにする。

……もうダメだ。

食い殺されるのか、引き裂かれるのか、どんな殺され方をすることになるか、考えたくもなかった。

世界は不平等で、理不尽だ。ううん……わたしの世界だけが、不平等で理不尽なことであふれているんだ。

イリヤは宮廷魔術師になって、わたしはこんな路地裏で殺されて。どうして……わたしは……幸せになれないんだろう？　わたしが孤児だから？　トラキア人の血を引いている可能性があるから？　テイマーだから？

……考えても、仕方ない。わたしは目をつぶって、すべてをあきらめた。

次の瞬間、急にわたしの体は解放された。

チャペル・ベアが腕からわたしを放したのだ。びっくりして、目を開くと……そこにはまばゆいばかりの真っ白な光が輝いていた。

さっきまでの薄暗い路地裏の廃墟が嘘みたいに美しく見える。

「困ったな。残念だけど、人間に危害を加える魔獣は退治しないといけないんだ」

その光の主は、小さくつぶやいた。

その人は、真っ白な服を着た、背の高い男の人だった。見た目は二十代前半ぐらいで若いけれど、不思議な存在感がある。金色の艶《つや》やかな髪に青い澄んだ目。貴族然とした感じだ。

マントには金色の流れるような文字が書かれている。そして、輝く光の筋は、その手に握られた剣から放たれていた。

わたしは……そのあまりの荘厳な雰囲気に息をのんだ。

剣は、いわゆる聖剣というものだと思う。宮廷で習ったことがあるから知っているけど、見るのは初めてだ。

冷徹に光る白銀色《しろがねいろ》の刀身は、黄金の輝きに包まれている。古代文字の刻印もはっきりと見て取れた。

すでにチャペル・ベアの一体は倒れていた。

「クラウ・ソラス！」

その人が聖剣を一閃《いっせん》させると、魔力の奔流が巻き起こる。逃げようとしていたもう一体のチャペル・ベアがその流れにのみ込まれ、苦悶の声をあげ、ばたんと床に倒れた。

あまりのあっけなさに、わたしは呆然とする。

いつのまにか、わたしはへなへなと床に座り込んでいた。迫りくる死の恐怖を思い出し……わたしは泣きそうになる。

すっとわたしの前に人の影が現れた。見上げると、チャペル・ベアを倒した男の人がいた。

……この人は聖剣士だ。冒険者の中でも、聖剣を扱える人は少ない。

彼は優しくわたしに微笑みかけ、「もう大丈夫だ。安心してよ」とささやいた。そのやわらかい声に、わたしは我慢できず、ぽろぽろと涙をこぼした。

彼は驚いた様子で、目を見開き、うろたえたようだった。わたしの頭をなでようと手を伸ばしかけ、けれど、遠慮したように手を引っ込めた。

たぶんわたしのことを子どもだと思って、頭をなでて慰めてくれようとしたんだろう。手を引っ込めたのは、わたしが女の子だから、気を使ったんだ。

その人はとっても困った様子だった。あれだけ強いのに……チャペル・ベアを相手にしてもまったく恐れていなかったのに。目の前で女の子が泣いているだけで、慌てふためいてしまい、「どうしよう、どうしよう……？」とつぶやいていて。

その様子がおかしくて、わたしはいつのまにか泣きやんで、くすっと笑った。

彼はほっとしたようだった。

「あなたは……？」

「僕？　僕はフラン。引退した冒険者で、怪しい者じゃない」

フランと名乗ったその人は、朗らかに笑ってみせた。

……フラン？　聖剣士のフラン？　リシュモン侯爵家の三男の？

「あ、あの有名な……フラン様⁉　宮廷魔術師をやめて、史上最年少でSランク冒険者になり、魔王も倒した……あのフラン様？」

「あー、うん。まあ、一応その通りだよ」

なぜか、浮かない顔でフラン様は認めた。

フラン様といえば、誰もが知っているような、冒険者の憧れの的だ。いや……国民的英雄といっても言いすぎじゃないと思う。

宮廷魔術師出身者ということもあって、わたしもフラン様のことを尊敬していた。わたしはさらにフラン様がどうしてこんなところにいるのか、聞き出そうとして、それより大切なことを思い出した。

キュピーだ！

わたしをかばってくれた魔獣。わたしがテイムした仲間だ。慌ててわたしは飛び起きると、キュピーを捜しに行った。

壁に叩きつけられたキュピーは、ぼろぼろの姿で、その白い毛皮は汚れていた。

「きゅー」

甲高い声でキュピーが鳴く。意識はあるし、命にすぐに危険はなさそうだけど、重傷だ。

「ごめんね……わたしを守ろうとしてくれたから……」

わたしはキュピーの手あてをしようと、そっと抱き上げた。もふもふとした感触が手になじみ、不思議な温かさを感じさせる。

次の瞬間、キュピーが淡く発光した。

「え……？」

わたしの手の中で、キュピーはまばゆい光に包まれる。次の瞬間には、完全ではないとしても、キュピーの傷の大部分は自然に治癒されていた。

キュピーはうれしそうに「きゅぴっ」と鳴く。

たしかに、テイムのスキルには、魔獣を癒やす力もあると聞いていたけれど、これほど劇的なものだとは思わなかった。

「これが……テイムのスキルなんだ」

思わず、わたしがつぶやいたのを、聞き逃さなかった人がいた。

フラン様だ。

彼は青い瞳でわたしをじっと見つめた。

「そっか……君はテイムのスキルを……持っているのか」

……まずい。

テイムのスキルは、宮廷であれほど忌み嫌われた。人類の敵の魔獣を仲間にする、異端のスキルだ。

そして、フラン様は聖剣士。教会と縁が深いし、魔獣退治を行っていたわけで……当然、わたしのスキルを蔑んでもおかしくない。

宮廷の人たちの冷たい視線を思い出す。「おまえなんていらない」という言葉も脳裏をよぎった。ああ……また、この人にもそんなふうに言われちゃうんだ。

「テイムのスキルがあるなんて……素晴らしい！」

……え？

目の前のフラン様は、にこにことした表情で、とてもうれしそうだった。

……なにかの間違いでは？と思って、わたしはフラン様の顔を見たけど、そこには純粋な喜びしか見いだせなかった。テイムのスキルを持つわたしに対する侮蔑や嫌悪は、表面的にはまったくない。

彼は言う。

「王都には来たくなかったけど、思わぬ成果があったな。君の名前は？」

「えっと……アルテ、です」

わたしがおずおずと言うと、フラン様は整った顔に微笑を浮かべた。

「きれいな響きの名前だ。ちなみに年はいくつ？」

「十二歳……だと思います」

「十二歳か、しっかりしているね。さて、そんなアルテさんに少しお願いしたいことがあるんだけど、頼めるかな」

わたしの名前に「さん」をつけた丁寧さにちょっと驚く。

フラン様は貴族の出身だというし、若いとはいえ聖剣士として有名だ。一方のわたしはボロ布しかまとっていない。どこからどう見ても、ただの貧しい孤児だ。

それなのに、フラン様は、わたしに優しく声をかけてくれた。

「さっきのもふもふのチャペル・ベアなんだけどね、テイムできないかな」

わたしはきょとんとして、次の瞬間、「えーっ！」と大声を出してしまった。

穏やかな口調だけど、とんでもないことを言い出す人だ。チャペル・ベアは気を失っていて、仰向けに倒れている。今でこそ無抵抗だけど、さっきまでわたしを殺そうとしていた。

「……そ、そんなの無理です！　あんな怖い生き物を……テイムするなんて……」

キュピーが「きゅぴっ、きゅぴっ」と同意してくれているのか、鳴き声をあげる。

フラン様は「そっか……」と言って、残念そうに肩を落とす。とっても……しょんぼりとしている。

どうしてチャペル・ベアをテイムしたいのかわからないけど、そんなにがっかりしなくてもいいのに……。

フラン様は、わたしの命の恩人だ。

「あの……フラン様、助けてくれてありがとうございました。本当に感謝しても、しきれないです……」

まだお礼も言ってなかった。もっと早く……言うべきだったのに。

フラン様は肩をすくめた。

「ああ、いや……それは大したことじゃない。あと、『フラン様』は恥ずかしいから、呼び捨てでいいよ」

呼び捨てでいいよと言われても困る。相手は年上で……しかも、とっても偉い聖剣士なんだから。でも、様付けはダメだという。

「……えーと、フランさん？」

「うん？」

「どうしてチャペル・ベアをテイムしたいのですか？」

「僕の職業を知ってる？」

「え……聖剣士ですよね？」

「それはまあ、間違ってはいないけど、肩書みたいなものさ。職業じゃない」

「なら、冒険者？」

「そっちは昔、引退したよ」

考えてみると、フランさんは数年前に冒険者を引退して以来、世間ではあまり名前を聞かなくなっていた。

宮廷魔術師……でもないだろう。それも大昔にやめたはずだ。

「僕はね……博物学者なんだ」

「博物学者？」

「そう。今の僕は、王立アカデミー所属の研究者なんだよ。そして、僕は魔獣を退治すること自体を目的としていない。つまり……」

「もしかして、魔獣が研究対象なんですか？」

「その通り。君は聡明だね」

なぜか褒《ほ》められる。こんなちょっとしたことで褒められても、そんなにうれしくない。

——のだけれど、相手が憧れの元宮廷魔術師だと思うと、やっぱり少しうれしいかもしれない。フランさんは、銀灰色の毛皮のチャペル・ベアを指差す。

「とはいえ、ああいう凶暴かつ大型の魔獣は、なかなか手懐《てなず》けることもできなくて……研究も難しい。結局、残念なのだけれど、殺してしまうほかなくなることも多くてね。人間に危害を加える以上は、仕方のないことだ」

「だけど、もしわたしがテイムできれば、歯向かわなくなるし、フランさんの目的を達成できるということですね？」

「その通り」

フランさんはうなずく。

どうして聖剣士のフランさんが、魔獣の研究をしているのかは知らないけれど。

でも、フランさんはわたしの命の恩人だ。できることなら、力になりたい。

フランさんは言う。

「でも、無理はしなくていいよ。君みたいな小さな女の子が、あの魔獣を怖がるのは理解できる。それに、テイムの力は、君が一番よく知っているだろうから、できないというなら、きっとそうなんだろう」

「えっと……それは違います」

「うん？」

「フランさんはふたつ、間違ったことをおっしゃっています。ひとつは、わたしはテイムのスキルを手に入れたばかりで……テイムしたことがあるのも、この子だけなんです」

わたしの腕の中のキュピーが、「きゅっ」と鳴く。

フランさんは興味深そうに、わたしとキュピーを見比べる。

「なるほどね。それで、僕のもうひとつの間違いというのは？」

「……わたしは小さな女の子じゃありません」

これは強がりだったが、子ども扱いはされたくない。いや……十二歳のわたしは、周りから見れば子どもなのかもしれないけど。

でも、今頃は宮廷魔術師になれていたかもしれなくて、そうしたら小さな女の子、なんて言われていなかったはずだ。これは、わたしのちょっとしたプライドだった。

フランさんは目を丸くして、それから微笑んだ。

「悪かったよ。一人前の女性に失礼なことを言ってしまったようだ」

「いいえ」

わたしはくすっと笑う。

そして、数歩歩いて、倒れたチャペル・ベアたちのもとへと行く。仰向けに倒れた熊は、禍々しい鉤爪をつけた腕を、力なく投げ出している。

その凶暴そうな見た目に反して、青みがかった銀色の毛皮はとてもやわらかそうだった。

フランさんのおかげで、もはやこの生き物は戦うことのできない状態になっている。わたしはもちろん、もう人を襲うことはないだろう。

だって、フランさんが……このチャペル・ベアたちを殺すだろうから。

でも、わたしがテイムして、使い魔とすれば。……人に危害を加えることなく、この子たちは殺されなくても済む。

……やってみよう。

もしかしたら、キュピーのときのように、うまくいくかもしれない。

わたしはチャペル・ベアの上に右手をかざし、「テイム」とつぶやいた。すると、キュピーのときと同じように青い光が淡く輝く。

すると、チャペル・ベアから、わたしの中に温かいものが流れ込んでくるような感覚がした。

そして、わたしの手の甲に青い星形の模様が現れ、それがチャペル・ベアの腹部のやわらかそうな部分にも浮かぶ。

テイム完了……ということだろう。

チャペル・ベアがむくりと起き上がる。魔力で与えられたダメージから、わたしのテイムの力で回復したということだろう。

その大きな体は……今でもとても怖いけれど、金色の瞳は不思議に穏やかだった。わたしはフランさんを振り返る。すると、フランさんはうなずいてみせた。

もう一度、チャペル・ベアを見つめる。

もし本当にテイムできているなら……。

「お座り」

わたしは犬に対するように命令してみる。

すると、チャペル・ベアは座り込んだ。

べつに芸を教え込んでいるわけでもないのに、魔獣に意思が通じるのはテイムのスキルのおかげだと思う。まあ、異端者の魔獣とこんなふうに意思疎通できれば、忌み嫌われるのも不思議じゃないかもしれない。

「お手」

そう言うと、チャペル・ベアはわたしの手にそっとその手を重ねた。肉球、のようなものの感触がとても心地よい。

完璧に……テイムは成功しているみたいだ。

「素晴らしい！　……本当に素晴らしいスキルだ」

フランさんが感極まったように、わたしとチャペル・ベアを見つめている。

宮廷の人たちにとっては、無用なテイムのスキルが、フランさんにとってはとても「素晴らしい」ものに見えるらしい。そんなふうに褒められるとくすぐったい。

フランさんは身をかがめ、そしてきれいな青い瞳を輝かせ、そっとわたしに手を差し伸べた。

「君さえよければ、なのだけれど……僕の屋敷に来るつもりはないかな？　研究の助手としてできる限りいい待遇にするつもりだよ」

「はい？」

あっけにとられて、わたしはフランさんをまじまじと見つめた。

元宮廷魔術師で、偉大な聖剣士のフランさん。彼は二十代前半で冒険者を引退して、王立アカデミーの研究者となったという。

しかも研究対象は、人類の敵の魔獣。栄光に包まれた彼が、どうしてそんな選択をしたのかは、わたしにはわからない。

わたしは宮廷魔術師になりたくて、でも、なれなかった。

フランさんは宮廷魔術師としての身分をあっさりと捨て、冒険者に転身した。そこでも大成功して、そしてその名声の真っただ中で、また別の道へと行った。

わたしとフランさんはあまりにも違う。わたしは王都のスラム街の孤児。フランさんは名門貴族の三男。

そのフランさんが、わたしを自分の屋敷に引き取るという。テイムのスキルがあるから、研究の役に立つからららしい。できる限り、わたしを厚遇してくれると言ってくれている。

最初はなにかの……罠《わな》じゃないかと思った。

フランさんは立派な人として知られているし、わたしも尊敬している。でも、わたしが知っているのは、フランさんの評判だけだ。

例えば、わたしを奴隷のように扱うということだって、可能性としてはなくはない。王都のスラム街の孤児は、時々さらわれて、奴隷として人身売買の対象になる。

そうでないとしても、テイムのスキルを持っているわたしを人体実験の対象とするとか……。

ただ、フランさんはわたしの命を救ってくれた。評判通りの穏やかな雰囲気……というより、ちょっと優しすぎる雰囲気がある人のようでもあった。

そして、宮廷を追い出され、王都のスラム街イースト・エンドをさまようというわたしの状況は、ほとんど最悪と言っていいと思う。

だから、これより悪い状況になったとしても、さほど後悔しない。そういうわけで、わたしはフランさんについていくことを決めた。

そう言うと、フランさんはとても喜んでくれた。

こんなわたしでも、フランさんは必要としてくれる。それがうれしかった。

フランさんの屋敷は王都の郊外にあるそうで、でも、今日はもう夜も遅い。

とりあえず、フランさんの泊まっている宿へと戻ることにした。

テイムしたチャペル・ベアは、王立アカデミーの職員——フランさんの同僚だそうだ——が引き取りに来るという。

ただ、もうひとつ問題がある。わたしはキュピーを抱きかかえて、フランさんに見せた。

「あの、キュピーは……えっと、この魔獣の子の名前なんですけど……連れていってもいいですか？」


わたしはおずおずと聞く。キュピーは、わたしのことをかばってくれた大事な仲間だ。

でも、魔獣は魔獣で、忌み嫌われる存在でもある。

けれど、フランさんは破顔して、「もちろん」とうなずいてくれた。魔獣の研究者だからかもしれないけれど……フランさんは、人とは少し違う価値観を持っているようだった。

わたしとフランさんは、廃墟を出て、王都のスラム街を歩きだす。

普通だったら、こんな深夜にスラム街を歩くのは恐ろしいことだけれど……。でも、あのフランさんが一緒にいれば、まったく怖くない。

道中、フランさんは、わたしの身の上を尋ねた。わたしは問われるままに、フランさんの質問に答える。

孤児だったところを拾われて宮廷魔術師を目指していたことを話すと、フランさんは驚いたようだった。

「そっか。僕も昔は宮廷魔術師でね」

「はい。知っています。……フランさんはどうしてやめたんですか？」

「たしかに残っていれば、楽ができたかもね。でも、あそこの連中はみんな頭が固い。なにより……退屈だったんだよ」

退屈だったから、という理由で、尊敬される宮廷魔術師をやめてしまえるなんてすごい。そして、冒険者として大活躍して、魔王を倒す功績すらあげた。

「それで……アルテさんは、テイムのスキルのせいで追い出された?」

わたしはうなずいた。思い出すと……やっぱり悲しくなってくる。たったひとつの夢は、宮廷魔術師になることだった。でも、その夢はわたしの前から消えた。

「ひどいな。身勝手な話だ。希望を与えておきながら、理不尽な理由ですぐに取り上げる。人々のことをなにも考えていない。それが……宮廷のやり方だ」

フランさんははっきりと宮廷のことを批判したので、驚く。宮廷は……当然だけど、この国を統《す》べる王家そのものだ。それを批判するなんて……。

フランさんは、ため息をつく。

「それに、テイムのスキルがどれだけ貴重なものか、宮廷魔術師はわかっていないんだな。昔からの……因習にとらわれている」

フランさんはつぶやいた後、わたしに笑顔を向けた。

「大丈夫。僕はアルテさんを失望させないよ。テイムのスキルを持つ者に、ふさわしい待遇を与えるつもりだ」

ふさわしい待遇ってなんだろう?

フランさんはわたしを……魔獣研究の協力者にするつもりだと言っていたけれど。どんな扱いを受けるのか、わたしは少し不安だった。

しばらくして、わたしたちは宿についた。フランさんの泊まっている宿は、スラム街隣の下町地区だった。

宿の受付には、まだガス燈の明かりが灯っている。

少し疲れた雰囲気の受付の若い女性が、わたしたちを出迎える。建物も設備もとっても簡素だ。たぶん、わりと安い方の宿で、もちろんスラムの廃墟で野宿よりは百万倍よいのだけれど。

フランさんほどの英雄だったら、もっといい宿に泊まれるのでは？と思ってしまう。

わたしの視線に、フランさんは少し恥ずかしそうに、微笑んだ。

「研究費が足りなくって、節約しなければならなくてね」

「そ、そうなんですね……」

「とはいえ、君の部屋を別に取ることぐらいはできるよ」

「そ、そんな……」

考えてみれば、当然、わたしは宿代を持っていないので、フランさんに払わせることになる。申し訳ないですと言いかけたわたしに、フランさんは首を横に振った。

そして、にこにこと、わたしの機嫌をうかがうような笑みを浮かべる。どうして、こんなわたしに気を使うんだろう？　でも、わたしはその疑念を言葉にせず、代わりにフランさんが口を開いた。

「アルテさんは大事な協力者だ。むしろ要望があれば、遠慮なく言ってほしいな」

「あ、ありがとうございます」

テイムのせいで絶望の淵《ふち》に追いやられ、テイムのおかげでわたしはフランさんに拾われた。

このテイムというスキルは……価値があるんだろうか。

フランさんは受付の女性にもうひと部屋取ってほしいと頼んだけど、ところが、あいにく満室だという。

フランさんは困ったのか、腕を組んだ。

「うーん、満室か。別の宿も……」

フランさんの言葉に対し、「近くの宿はすべて満室だと思いますよ」と受付の女性は付け加える。まあ、この時間だし……仕方ない気もするけど。

「わたし、フランさんと同じ部屋でも大丈夫ですよ」

思わずつぶやく。

言ってから、わたしは赤面した。もしかして、とんでもないことを言ってしまったのでは……？　しかも、まだフランさんが全面的に信用できる人かはわからないし……。

そのフランさんは、目を丸くしてうろたえていた。

「いや、でも……女性を同じ部屋にというわけには、いかないよ」

その慌て方に、やっぱり、フランさんは悪い人ではなさそうだなという気がしてきて、わたしはくすっと笑った。

「でも、わたしは『小さな女の子』なんでしょう？」

からかうように、言ってみる。フランさんはぽかんとして、それから「これはまいった」とでも言うように、頭をぽりぽりとかいた。

「アルテさんは、貴重なテイムのスキルを持っている。そして、チャペル・ベアをテイムする勇気を見せた。子どもと扱うのは失礼にあたるね」

フランさんは、自分よりたぶん十歳は年下のわたしを、一人前の人間として扱おうとしてくれるみたいだった。フランさんが今後、わたしをどんな待遇で扱うのはわからないけど、でも、今は……ひとりの人間として扱われることが、わたしにはうれしかった。

結局、フランさんの部屋に、わたしも泊まることとなった。

体を洗うこともできたし、フランさんは宿の受付の女性と交渉して、わたしのために新しい洋服を用意してくれた。それはシンプルかつ機能的な服だった。緑色のジャケットとスラックスで、着てみると、ちょっとだけ、わたしは大人びて見えた。

鏡の中には、銀色の髪と銀色の瞳の、ごく普通の少女がいる。それがわたしだ。

宮廷魔術師見習いだったなんて……誰も思わないだろう。

「フランさん……ありがとうございます」

「ああ、いや、ほんとはもっと服を選べるような環境だったらよかったんだけどね。選択肢がなくて申し訳ない」

「そんなことないです……フランさんからいただいたのですから、とってもうれしいです」

「それはよかった。屋敷に来たら、新しい服はいくらでも用意するよ」

フランさんはにこにことして、そして、急に真剣な表情になった。

「さてと。僕の目的を話さないといけないな」

「目的？」

「そう。目的だよ。言った通り、僕は博物学者だ。魔獣の研究をしている。それが……今の僕の仕事だ」

「どうして魔獣を？」

「魔獣はこの世界に満ちている。王都のスラム街にも現れた。どこにでもいて、恐れられ、そして、時として人間を襲う。だから、冒険者は時として魔獣を退治する。けれど」

「けれど？」

「倒しても倒しても魔獣は湧いてくる。魔獣はこの世界の一部だからね。忌み嫌うだけじゃ、なんの解決にもならない。だから共生が必要なんだ」

「キョウセイ……？」

「そう。人間が魔獣とともに暮らす世界、ということさ」

「でも、そんなの無理です。だって魔獣は人間の敵で……」

「必ずしもそうじゃない。君が抱いているその生き物もそうだよね？」

キュピーは「きゅぴっ」と鳴き声をあげた。

たしかにキュピーはテイムする前から、わたしを襲おうとしたりはしなかった。そう考えれば、魔獣も敵ばかりじゃない。

「それに、魔獣を利用することは人間の利益にもつながる。たとえば、鉱山で魔獣を働かせたりすることに成功した例が、外国ではあるんだよ。テイムのスキルがなくても、魔獣についての深い知識があれば、魔獣を人間の役に立てることができる」

「へえ……」

「僕は博物学者だからね。自然にあるあらゆるものについて知るのが目的だ。けど、魔獣の研究はこの王国のためにもなる」

フランさんの言うことは壮大だった。たしかに……その通りなのかもしれない。

だから、フランさんは冒険者をやめたんだ。冒険者が救えるのはほんのひと握りの人間だけだけれど、魔獣の研究を行えば、もっと多くの人を助けることができる。

「僕の、いや僕ら博物学者の究極の目的は……すべての魔獣について記した図鑑を作ることだ。名付けて……『もふもふ図鑑』」

フランさんが真顔だったので、わたしは思わず、きょとんとした。

もふもふ……図鑑？

「え－と……」

「魔獣って大抵毛皮があって、温かそうな、さわり心地のよさそうな生き物だからね。そのキュピーのように」

フランさんはにこにこと、わたしの腕の中のキュピーを指差した。そう言われれば、たしかにそうだけれど。

「そのキュピーくん、ちょっと触らせてもらっていいかな？」

「えっと、どうぞ……」

わたしがキュピーを差し出すと、キュピーは「きゅっ」と警戒するように鳴いた。

なにか……理由があるんだろうか？　研究者として、または聖剣士として、キュピーを手に取る理由……。

フランさんは目を輝かせて、キュピーを受け取る。

「シロナキウサギ……か。うん、うん。このへんでは珍しいけど、群れはつくらない生き物だからね」

フランさんはそう言って、キュピーをぎゅっと抱きしめた。

その顔は……とても幸せそうだった。フランさんはキュピーをなで回す。キュピーもしだいに警戒を解いたのか、表情を緩めている。

……そして、フランさんはキュピーをわたしに返した。

「うん、うん。さわり心地がよかったよ」

「……それだけですか？」

「うん」

満足そうに、フランさんはうなずいた。どうやら……さわり心地を確かめたかったらしい。

それから、フランさんはわたしの視線に気づいたのか、ぽりぽりと頭をかき、照れ隠しのように言う。

「このキュピーくんは、なかなかの魔力がありそうだ。シロナキウサギは、高い火力の炎を口から吐けるはずだし、かなり戦闘能力も高いんじゃないかな。なによりかわいいし。テイマーの相棒にはぴったりかもしれないね」

実際、キュピーはチャペル・ベアの一体と互角の戦いをしていた。そして……とてもかわいい。フランさんの言う通りだと思う。

「まあ、魔獣の研究が王国のためになるというのは嘘じゃない。僕もこの王国の貴族の三男として、王国に尽くす義務がある。でも、それ以上にね、単に僕は魔獣が好きなんだよ」

「……魔獣が好きなんですか？」

「珍しいだろうけどね。でも、よく見ると、魔獣ほど、バリエーションに富んでいて、興味深く、そして、かわいらしい生き物はなかなかいない」

「はあ、まあ。たしかにキュピーはかわいいですけど」

「そうだよね？　だからこそ、僕は魔獣を研究しているんだ。堅苦しい宮廷魔術師より、殺伐とした冒険者より、僕はずっと博物学者に向いているんだよ」

宮廷魔術師になるという夢を失ったわたしと違って、フランさんには夢があるようだった。

それが、魔獣図鑑の作成という一風変わったものであったとしても、わたしはうらやましい。

わたしの叶《かな》えられなかった宮廷魔術師になるという夢を叶えて、聖剣士として名声をあげて、
それでもなお、まだこの人にはやりたいことがあるんだ。

そんなフランさんが……わたしを必要としてくれている。

「アルテさんのテイムのスキルがあれば、僕の夢の実現はぐっと近づく。もちろん、タダ働きしてくれなんて言わないよ」

そして、フランさんが提示した金額は……破格のものだった。宮廷魔術師でも、新人ならそんなにはもらわないんじゃないかというぐらい。熟練の職人の五倍ぐらいの給料になると思う。

ただ、問題はほかにもある。

「その……わたし……住むところもなくて……身元を保証してくれる人もいないですし……」

王都なら貸家はあるけど、家賃は高い。さらに王国の法律では、住人には、誰か身元保証人が必要となる。けど、わたしにはそんな人はいない。

それに、フランさんの住む郊外は、貴族の屋敷と農家ばかりだ。下宿を探すのも難しいと思う。けれど、フランさんは微笑んだ。

「なんだ、そんなことか。だったら、僕がアルテさんの身元保証人になるよ。なんなら、僕の

屋敷に住んでもらってもいい」

「え……いいんですか？」

「もちろん。今後のことを考えると、むしろその方がいいかもしれないね。アルテさんが嫌でなければ、だけど」

「い、嫌なわけないです！　で、でもわたしなんかが……聖剣士のフランさんと一緒に住む資格なんて……」

「資格なんて必要ないよ。けれどね、もしそんなものが必要だとすれば、君は十分に資格がある。君はテイマーだから、僕の仕事の助けになるし……僕に必要な存在だ」

あまりの話の速さに、わたしは呆然としたけれど……結局、わたしはフランさんの提案を受け入れた。

ほかに行き場所もないし、きっとあのフランさんの屋敷なら、かなり豪華なものだろうとも思う。でも、そんなことよりも、フランさんが屋敷に一緒に住んでいいと言ってくれたことが……うれしかった。

決めた。

わたしは、この人を信じてみることにしよう。

フランさんはぽんとベッドの上を叩いた。

「さて、夜も遅いし、寝ることにしよう」

フランさんはおもむろに寝袋のようなものを床に敷いて、そこで寝ようとした。わたしは慌てて、フランさんに駆け寄る。

横になったフランさんがわたしを不思議そうに見上げる。

「ふ、フランさん、ベッドがあります！」

「ああ、それはアルテさんが使ってくれていいよ」

なんでもないことのようにフランさんは言うけど、そういうわけにはいかない。フランさんはわたしより身分のずっと高い聖剣士だ。この部屋の宿代を払っているのもフランさんだ。それにフランさんはわたしの命の恩人でもある。

なのに、わたしがベッドで寝て、フランさんが床の寝袋で寝るなんて……許されないと思う。

わたしがそう言うと、フランさんはくすっと笑った。いつのまにかフランさんの青い瞳は、とても眠たそうに、とろんとしていた。

「いいんだよ……君は……」

そこまで言いかけて、すぴーと眠ってしまった。

ちょっと心配になった。

わたしは、客観的に見れば、王都のスラムをさまよっていた孤児にすぎないと思う。宮廷にいたという話こそしたけれど、それだけで信用できる人物かはわからない。

なのに、こんな無防備に寝てしまってもいいんだろうか？

たとえば、わたしがフランさんの所持金を全部奪って、逃げようとしたら……どうするつもりなんだろう？

そこまで考えて、わたしは首を横に振った。ううん、そんなことしないんだから、いいのかもしれない。

わたしのことを信じてくれているということかもしれないし。本当はフランさんにベッドの上で寝てほしかったけれど……仕方ない。

わたしはベッドに横たわると、ほっとため息をついた。羽毛で作られた真っ白でふかふかな布団のベッドは……とても心地よかった。

頭にはいろんな考えが浮かんでくる。

宮廷魔術師になれなかったこと。わたしを見捨てた人たちを見返したいという思い。仲間になってくれたキュピーのこと。わたしを必要だと言ってくれたフランさんのこと。

そして……これからのこと。

でも、ともかく、今は安全な場所にいる。わたしは安心感に満たされたまま、キュピーを抱きしめる。

きゅぴぃと小さな鳴き声をあげたあと、すぐにキュピーも寝てしまったようだった。

そして、わたしも眠気に襲われ、そして、そのまま意識を手放した。

第二章　聖剣士様のお屋敷！

真っ白な雪に覆われた野原が、視界の限り広がっている。

馬車から見えるその雪景色の中に、小さな赤い屋根の家が点々と散らばって見えた。見ているだけで穏やかな気分になるような田園風景だ。

それは、わたしの腕の中のキュピーも同じようで、きゅぴっとうれしそうに鳴く。

ちょうど太陽が空のてっぺんに輝く、正午ぐらい。王都で魔獣に襲われた翌日、わたしとフランさんは王都郊外の農村に来ていた。

この村にフランさんの屋敷があるんだ。

「トゥル村は、いい場所だよ。気に入ってくれるといいけれど」

フランさんがわたしに話しかける。

あの高名なフランさんが住んでいる場所なら、絶対いい場所に決まっている。それにフランさんがいるんだから、きっと気に入る。

それは本心だったけれど、でも、口に出すとまるで媚《こび》を売っているみたいに思われそうで、言わなかった。

代わりに、わたしは微笑んだ。

「楽しみにしています」

馬車はゆっくりと速度を落としていく。

いつのまにか、フランさんの屋敷はすぐ目の前まで迫っていた。それは青い屋根の、簡素だけれど品のいいお屋敷だった。

正面から見ると、二階建てで、左右対称の重厚なレンガ造りだった。

たったひとつ、右側に少し高くなった尖塔《せんとう》のような部分があって、そこに風見鶏が回っている。フランさんはこの村の大地主で、つまり、この屋敷は領主館ということになる。

「まあ、一応、貴族になっておいた方が、研究にも便利なんだよ。お偉いさんたちからの協力も得やすいからね」

フランさんは肩をすくめて言う。

フランさんは侯爵《こうしゃく》家の三男だ。けれど、この村の土地は自分で買ったものだという。

この国では土地を持っている人間が、貴族だ。大商人としてどれほどのお金を儲《もう》けても、または爵位を金で買っても、それで本当の貴族として認められるということはない。

土地を手にして、屋敷を王都と農村に持ち、そして、貴族らしい優雅な生活を送ること。

それが貴族の条件だ。

貴族の持つ土地は、長男または長女のみに受け継がれる。次男以下はほんのわずかな財産も受け取れない。だから、貴族の多くの子弟は、自分の力で、階級にふさわしい職を得る必要がある。

具体的には、政治家、医者、弁護士、学者、そして冒険者や宮廷魔術師……といった職業だ。そこで成功を収めた人たちは、土地を買い、貴族を名乗ることもある。フランさんはこのパターンだ。

一方で、商人などの中流階級から出世して、土地を手に入れて貴族となる人もいる。

この国は階級社会だけれど、実力と運があれば、上を目指すことも不可能じゃない。わたしは階級のはるか下のスラム街の孤児だった。けれど、運よく拾われて、魔法の実力を身につけた。そして、実際に宮廷魔術師となれる可能性があったのも事実だ。

だけど、わたしは追い出された。結果から言えば、わたしに運がなかったからなんだろう。

今度は貴族のフランさんの研究のお手伝いをすることになるという。ここではうまくいくといいのだけれど。

馬車は屋敷に到着して、大理石の車寄せの近くに止まった。玄関には大きく真っ黒い扉があって、そこには数人の使用人がフランさんを出迎えていた。

フロックコートの年配の男性執事、それに真っ黒なメイド服を着た若い女性、そして黒い従者服の赤毛の少年といった人たちだ。

あまり人数は多くない。

みんなフランさんを待ちかねていたというふうで、うやうやしくフランさんを迎えていた。

執事の男性は微笑んでいたし、少年は頬を赤くしている。

メイドの女性がキラキラと目を輝かせ、進み出る。二十代後半ぐらいだと思う。茶色のさっぱりと短くした髪に茶色の瞳という地味な感じだったけれど、品がよくて、すらりと背も高いし、顔立ちも整っていた。

「そのお方はどなたですか？」

彼女はフランさんに興味深そうに尋ねた。

わたしのこと……だと思う。フランさんのおかげで、まともなジャケットとスラックスを着ているから、惨《みじ》めな孤児というふうには見られないとは思う。

ただ……それでも、得体の知れない少女を連れ帰ってきたことには変わらない。彼ら彼女らの視線に、わたしはちょっと怖くなって、腕の中のキュピーをぎゅっと抱きしめた。

フランさんは微笑んだ。

「ああ、この子はアルテさん。僕の大事な人で、今日からこの屋敷に住むことになったからよろしく頼むよ」

わたしはびっくりして、フランさんを見上げた。

フランさんの言葉は間違ってはいないのかもしれない。貴重な研究の助手としては、わたしのことが大事だろう。だけど、きっとみんなを誤解させたはずだ。

メイドの女性は「まあ」と声をあげ、使用人の少年はびくっと震え、信じられないというふうにわたしを見つめた。執事の男性は、相変わらず微笑んでいた。

それから、フランさんは簡単に使用人の三人を紹介してくれた。テミィというのがメイドの女性の名前らしい。年配の男性執事がトマスさんで、従者の少年がエルくんなのだという。

「長いこと留守にして悪かったね。とりあえず、アルテさんに屋敷を案内するからテミィだけ来てくれるかな。トマスとエルは仕事に戻ってくれていい」

執事のトマスさんと従者のエルくんはわたしのことが気になるようだったけれど、ふたりとも言われた通り、去っていった。

残ったテミィさんは、にっこりとわたしに笑いかけた。

「初めてお目にかかります。私は、フラン様にお仕えするメイドのテミィと申します」

「わ、わたしはアルテです。……よろしくお願いいたします、テミィさん」

「あら、私に敬語は不要ですよ。アルテ様はお屋敷のお客様で、私はメイドなのですから」

テミィさんはそう言って、くすっと笑い、そして茶色の瞳で、穏やかにわたしを見つめた。

こんな子どものわたしに敬意を払いながらも、その笑顔には幼いわたしを慈《いつく》しむような優しさがあった。きっと……テミィさんはいい人なんだろう。フランさんのメイドなんだし、当然だ。

けれど、わたしみたいな孤児が、テミィさんを呼び捨てにして、タメ口で話すなんて想像できない。

「あの……わたしは……ただの……」

そう言いかけたところで、フランさんはわたしの肩を叩く。そして、いたずらっぽく、人さし指を唇にあてた。

わたしが惨めな孤児だというのは、「内緒」ということだろうか？

「テミィ、二階にある客室、今は使われていないよね？　そこをアルテさんの部屋にしよう」

「かしこまりました」

わたしはフランさんとテミィさんに連れられて、螺旋《らせん》状の階段を上がり、赤い絨毯《じゅうたん》の敷かれた廊下を歩く。

やっぱり……立派なお屋敷だ。あらためてフランさんが偉い人なんだと実感する。

わたしが案内された部屋もとても広々としていて、天蓋《てんがい》付きのベッドさえあった。

大きな窓からは明るい日の光が取り込まれていて、複雑な刺繍《ししゅう》の施された赤いカーテンもかかっている。

客室だとしても、とても豪華だ。

使っていない部屋と言っていたけれど、すぐにでも生活できそうなぐらい整えられている。

このお屋敷で働く人たちがちゃんと管理している証拠だ。

「こんなあまり物の部屋で悪いけれど……いいかな？　なんとかキュピーくんも一緒にいられるぐらいの広さはあると思うけど」

「も、もちろんです！　……わたしみたいなのには贅沢すぎるぐらいですし……」

「そんなことはないよ。君は大事な存在なんだから」

もふもふの研究では、重要な存在ということだろうけれど、わたしもうっかり勘違いしそうになるからやめてほしい。二度目だし、ちょっとどきどきする。

テミィさんはベッドのシーツを直しながら言う。

「それにしても、フラン様の好みがこういうお方だとは意外でした」

「好み？　僕はもふもふの研究に理解を示してくれる人は大好きだけれど……」

「同じ部屋にお住みになってはいかがですか？　ダブルベッドだって用意できますよ？」

フランさんはきょとんとして、慌てて手を横に振った。やっと誤解させていたことに気づいたみたいだ。

もっとも、テミィさんもにやにやとしていたから、なにもないとわかっていて言っているのかもしれないけれど……。

「て、テミィ。べ、べつにアルテさんはそういう意味で好みなわけじゃない……。だいいち、こんな小さな子を……」

わたしはそれを聞いて、少しフランさんをからかってみたくなった。

「フランさん……わたしを小さな子扱いしないって言ったじゃないですか」

「い、いや、そうだけれど……」

「それに……好みじゃないなんて、ひどいです」

「アルテさん……僕をからかってるね？」

「はい」

そう答えて、わたしはくすっと笑う。フランさんは肩をすくめて、微笑んだ。

本当なら、フランさんのような偉い人に、こんなふうに口をきいてはいけないのかもしれないけれど……でも、フランさんは優しくて、むしろうれしそうだった。

テミィさんはわたしとフランさんを見比べて、愉快そうに唇の端を上げた。

「本当に仲がよさそうではありませんか。やっぱり、同じ部屋に……」

わたしとフランさんは慌ててその申し出を断った。

くすくすと笑っているところを見ると、やっぱりテミィさんも冗談を言っているんだろう。

ひとしきり、フランさんはわたしについて、テミィさんに説明した。「なるほど、なるほど」とテミィさんはうなずき、わたしを改めて見た。

フランさんはにこりとする。

「さて、僕には大事な用事がある」

「そうでしょうね」

フランさんの言葉に、テミィさんは訳知り顔でうなずいた。

……なんだろう？

フランさんは「しばらく休んでていいよ」と言って、部屋から出ていった。

残されたわたしは、テミィさんにじっと見つめられた。

わたしというより、わたしの腕の中のキュピーを見つめていた。

「その子……魔獣ですね」

わたしはちょっとびっくりした。

キュピーはぱっと見では普通の動物にしか見えないし、見抜くのは難しいと思う。

テミィさんはにやっと茶色の眉を上げた。

「こう見えて、私も昔は冒険者だったんですよ。だから、わかるんです。怪我《けが》をして引退したんですけれど」

なんでもないことのようにテミィさんは言う。

冒険者は、貴族の子弟もなるけれど、下層階級の生まれの人も多い。どちらも自分の腕一本で、遺跡の財宝を求めて成功を目指すというところは変わらない。ただ、失敗すれば命を落とすかもしれないし、そうでなくても大怪我を負ってしまうこともある。

そうして夢破れていく人は多いけれど、テミィさんもそうみたいだった。

「ああ、同情は必要ありません。私は今の生活に満足していますから。フラン様はいい方ですよ。メイドとして私が保証します」

「はい……きっと、わたしもそうだと思います」

「まあ、欠点も多い方ですけどね。意外と怖がりですし、抜けているところもあるし、魔獣の研究に没頭すると見境がないですし……研究にお金を使っちゃって家計は火の車なんです」

そんなふうに言いつつも、テミィさんの顔にはフランさんへの親しみと敬意があふれていた。

「アルテ様は、フラン様のお客様なんですから、私にとっても大事なお客様です。どうぞくつろいでくださいまし」

「ありがとうございます。でも……あの……『アルテ様』は恥ずかしいですから、呼び捨てで呼んでいただいてもいいですか？」

「呼び捨てってわけにはいきませんね。フラン様に怒られちゃいます」

「で、でも……」

わたしだって、貴族なんかじゃないし。たまたまテイマーのスキルが評価されただけの、元宮廷魔術師見習いだ。

わたしより十歳以上年上の人に、様付けされるのはうしろめたいし、気恥ずかしい。わたしがそう言うと、テミィさんは首をかしげた。

「そうですねえ。呼び捨てというわけにはいきませんが……ちゃん付けならどうでしょう？」

「へ？」

「アルテちゃん、とか？」

「それはもっと恥ずかしい気が……します」

「あら、恥ずかしがらなくても結構ですのに。アルテ様はこんなにかわいいんですから」

テミィさんは片目をつぶってみせた。

「そう……でしょうか。わたしは……平凡で……」

「きっと五年もすれば、超がつくほどの美少女になりますすよ。そうなれば、フラン様もきっと放ってはおきません」

「五年後も……わたしはこの屋敷にいられるんでしょうか？」

わたしの問いに、テミィさんは優しい笑みで応えた。

「フラン様がアルテ様のことを必要とする限りは、間違いなくこのお屋敷にいることができますよ」

そう。その通りだ。

わたしはテイムのスキルを持つテイマーだから、フランさんの役に立つと思われた。逆に言えば、自分の有用さを証明できなければ、追い出されてしまうかもしれない。

また……宮廷のときみたいに追放されるのは嫌だ。わたしは……必要とされる存在でいたい。

どうすれば……この先も、そうでいられるかはわからないけれど。

でも、今はフランさんの役に立つことが重要だ。わたしは心の中でひそかに決意を固めた。

ただ、テミィさんにとってみれば、わたしの内心なんてわからない。わたしは思わず黙ってしまっていた。

テミィさんは、わたしを元気づけるように、身をかがめて、真っすぐにわたしを見つめた。

「さあ、そんなかわいいアルテちゃんですが」

「ちゃ、ちゃん付けはやめてください……」

結局、様付けに戻してもらった。ちゃん付けよりは恥ずかしくないから……。

テミィさんはくすくす笑う。

「かわいいアルテ様が、そんな男の子みたいな格好ではいけませんね」

「えっと……この服装……変ですか？」

「それはそれで似合っていると思いますし、素敵ですけれど……せっかくなら、もっとおめかししましょう！」

そう言うと、テミィさんはわたしの手を引き、彼女の部屋へと向けて連れ出してくれた。

テミィさんが小さかった頃の服が取ってあるから、着せてくれるという。なんか、子ども扱いされているなあと思うけど、悪い気はしなかった。

孤児だったときはもちろん、宮廷魔術師見習いだったときも、自分より年上の人に優しくされるということはなかった。

子どもでもあくまで宮廷魔術師の卵として育てられるし、魔術師としての心構えを厳しく教えられる。今は、フランさんも、テミィさんも年下の女の子として、わたしを扱ってくれる。

それが、わたしにとっては、少し新鮮で、心地よかった。

キュピーはわたしの肩におとなしく乗っている。

やがて一階の片隅のテミィさんの部屋にたどり着く。意外なことに、部屋はけっこう広々としていた。シンプルだけれど、ちゃんとしたやわらかそうな羽毛布団のベッドがある。

しかもひとり部屋。

大抵の貴族屋敷では、使用人は、二人部屋とか、場合によっては四人部屋で寝起きする。だから、一人部屋を与えられているのは、破格の待遇のはずで、ちょっとびっくりする。

テミィさんは微笑んだ。

「私だけが特別扱いされているんじゃないですよ。ほかの人たちもみんなちゃんとした部屋をいただいています」

「それは……すごいですね」

「フラン様は冒険者として大成功を収めましたから、余裕があるんだと思います。最近は魔獣の研究にお金を使いすぎですが……。まあ、独り身ですからね。でも、それよりも、フラン様は、普通の貴族様とは違う、お優しい方なんですよ」

「へぇ……」

改めて、フランさんのことを、わたしはすごいと思った。

大金持ちの貴族も、大成功を収めた冒険者も、高い官職の宮廷魔術師もそれぞれ、少なくない人数がこの国にはいると思う。

けれど……そういう人たちの中で、傲慢にならず、他人のことを思いやれる人間は少数だ。かつてまともだったとしても、地位に溺れ、名声に酔い、おかしくなっていく。わたしが宮廷で見た魔術師や貴族たちはそうだった。数少ないまともな老魔術師も同じことを語っていたから、わたしの偏見ではないと思う。

けれど、フランさんは違う。それは、圧倒的に偉くて、成功をしていても、まだフランさんにはやりたいことがあるからかもしれない。

「これなんて似合うんじゃないでしょうか？」

突然、テミィさんがピンク色のフリフリの装飾のついたワンピースを、クローゼットから取り出してきた。ドレスに近い形状だ。

そうだった。テミィさんはわたしに着替えさせると言っていたんだった。

でも……。

「あの……それは……ちょっと……かわいらしすぎるかもしれません」

ちょうどお姫様が着るような、そんな服だった。

サイズはぴったりかもしれないけれど……。

「私も昔はそう思って、あまり着なかったんですよ。それに、私には似合いませんでした」

「なら、この服は、どうして……」

そこまで言って、「持っているんですか？」という次の言葉をわたしはのみ込んだ。テミィさんがわたしの疑問を察して答えてくれたからだ。

「これは母が最後に贈ってくれたものなんです」

「……最後？」

「私が十二歳のときに、母は流行《はや》り病《やまい》で亡くなりましたから」

テミィさんは淡々と言う。

わたしはなんて言えばいいかわからなかった。わたしには……物心ついたときから、父親も母親もいなかった。

でも……今でも、テミィさんはお母さんがくれた服を大事にしていることはわかる。だから、きっと、テミィさんにとってお母さんは必要な人で、お母さんにとってもテミィさんは必要な存在だったんだと思う。

もし、わたしにも……わたしを必要としてくれて、わたしが必要とする存在がいたとすれば。

きっとそういう人がいなくなるのは寂しいことだと思う。

テミィさんはとびきりの明るい笑みを浮かべた。

「しんみりしないでください。わたしがこの服をアルテ様に着てほしいだけですから。その服は差し上げます」

「で、でも……お母様の大事な形見なのでしょう？」

「いいんです。きっと母も、着てくれる人がいるのを喜んでくれると思いますから」

「でも……」

やっぱり断ろうとするわたしを、テミィさんは押しとどめた。

「十二歳ぐらいの子なんて、周りにはなかなかいないですし、アルテ様は大事なこのお屋敷の一員ですから。私からの、このお屋敷への歓迎のプレゼントだと思ってください」

そう言って、テミィさんは人さし指を唇にあてて、片目をつぶってみせた。そして、わたしの髪をくしゃくしゃとなでる。

ちょっと恥ずかしくて……赤面してしまう。

それから、わたしはテミィさんの助けを借りて、ドレスみたいなワンピースを着てみた。

鏡の中の自分は、まるで別人みたいで……戸惑ってしまう。キュピーも、部屋の机の上に丸まって、わたしをびっくりしたように見つめている。

宮廷では魔術師のぶかぶかのローブを着ていたし。こういうかわいらしいデザインの服を着るのは初めてかもしれない。こんなお姫様みたいなデザイン、わたしみたいな平凡な子には似合わないと思うけれど……。

でも、テミィさんはそうは思わなかったみたいだ。

「よく似合っていますよ」

「……本当ですか？」

「私は嘘をつきませんから」

テミィさんは楽しそうに言う。キュピーもきゅっと鳴いた。そして、次に、テミィさんはとんでもないことを言いだした。

「さて、このままフラン様に会いに行きましょうか」

「そ、それは……恥ずかしいです」

「恥ずかしがらずとも、そういう格好をしている方が普通なんですよ?」

テミィさんは言うけど、そうは思えない。

だいいち、フランさんに会いに行く用事も、今のところないと思う。

わたしがそう言うと、テミィさんはくすっと笑った。

「それがそうとも限りません。フラン様は、きっとあなたをお呼びですよ」

「え?」

「そろそろ、でしょうか」

テミィさんが言ったちょうどそのとき、部屋の扉がノックされた。

どうぞとテミィさんが穏やかに答えると、入ってきたのは、もうひとりの使用人の……そう、エルくんという名前の子だった。従者風のきっちりした黒い服を着ているけれど、まだわたしと同じぐらいの年だと思う。赤髪赤目《あかがみあかめ》の鮮やかかつ端整な見た目が特徴的で、目が覚めるような美しい少年だった。

エルくんは、わたしを軽く睨《にら》む。

「どうして部屋にいらっしゃらなかったのですか？　フラン様がお捜しだったのに……」

きれいな、甲高い声だった。わたしは思わず聞き惚れて、そして、はっとして返事をする。

「ご、ごめんなさい……」

とりあえず謝っておこう。

テミィさんも慌てて自分が連れ出したのだとフォローするが、エルくんは納得してもなお不機嫌そうだった。キュピーが対抗するように、「きゅー」と鳴いて、エルくんを睨んでいる。

「早く食堂に来てくださいね」

そう言って、エルくんは立ち去った。なんだか、エルくんはわたしに軽い敵意を持っているようで、ちょっとショックだ。

そんな様子を見ていたテミィさんが、わたしの髪を軽くなでる。びっくりしてテミィさんを見上げると、彼女は微笑んだ。

「ごめんなさいね。エルくんも悪い子じゃないんだけれど……やきもちを焼いているんですよ」

「やきもち？」

「あの子も、フラン様のことが大好きだから。だから、アルテ様が大事に扱われているのを見て、フラン様を取られるように感じているんだと思うんです」

「そ、そうなんですね……」

ちょっとびっくりする。

わたしはたしかに、フランさんの「大事な人」かもしれない。でも、それは研究に有用なテイマーだから。

ただそれだけだ。

エルくんが心配するようなことはなにもないと思う。

ともかく、わたしたちは食堂へと急いだ。

テミィさんの部屋から、廊下を少し歩くだけで屋敷の食堂にたどり着いた。そこには、大きく横に長いテーブルがあって、真っ白なテーブルクロスがかけられている。

その中央には金色の燭台《しょくだい》が飾られていて、とてもきれいだった。おしゃれな雰囲気だ。

ただ、一番印象的だったのは……そこにいたフランさんだった。

「よく来てくれたね、アルテさん」

「えっと……その格好は……?」

「ああ、これか」

フランさんは自分の着ている白いエプロンをつまみ、くすっと笑った。

普通、貴族屋敷の主人はエプロンなんかしない。食堂でエプロンをつけている人間がいるとすれば、料理人や給仕のはずだ。

けれど、現にフランさんは、料理人同然の格好をしていて、白い帽子すら身につけている。

わたしはびっくりして固まってしまった。

だけど、フランさんにとって、びっくりする対象は、わたしのようだった。

「アルテさんこそ、その服装は、どうしたの？」

「あ、やっぱり、変ですよね。わたしがこんなかわいい服を着ても似合わないですし……」

わたしは早口で言い訳するようにそう言った。頬が熱くなるのを感じる。宮廷でも魔術師用のローブばかり着ていたし、こんな女の子らしい服を着るのは初めてだから。

やっぱり恥ずかしいし、変に見えるんじゃないかな……。

けれど、フランさんはぶんぶんと首を横に振った。

「いや、よく似合ってるよ。とても……かわいいと思う」

つぶやくようにフランさんが言う。

テミィさんが「ね？」とわたしに片目をつぶってみせる。

似合っている……というフランさんの言葉は、お世辞ではなさそうだった。

わたしは照れくさいような、うれしいような、複雑な気持ちになった。

テミィさんはフランさんにからかうように声をかけた。

「今、アルテ様のかわいさに見とれていましたよね？」

「いや……そんなことは……あるかもしれないな」

フランさんは小声で、少し顔を赤くして言った。

「と、ともかく、アルテさん、席に座っていいよ」

そんなフランさんは、ごまかすように食卓の席を勧めた。わたしは恐る恐る、言われた通りに中央の席に座る。

わたしは客人ということで、一番いい席を与えられたみたいだ。

「さあ、お昼ご飯にしよう。お腹、空いているよね？」

王都の宿で朝食を食べたのは、もうだいぶ前だから、たしかにお腹は空いていて……きゅっと小さくお腹が鳴った。

恥ずかしい……。

でも、そんなわたしをフランさんは笑わず、席に案内してくれた。

普通は使用人がやることだと思うので、ちょっと意外だ。

もっと驚いたのは、執事のトマスさんや従者のエルくんが同じテーブルについたことだった。

普通の屋敷では、そんなことはしない。

主人と使用人との区別は、かなりきっぱりと分かれていて、食事を取る時間も違う。

ただ……それは今の時代のことで、昔は違ったらしい。

わたしがそのことを話すと、フランさんは我が意を得たりとばかりに膝《ひざ》を打った。

「その通り。アルテさんは幼いのに、よく知っているね」

「わたし……幼くないです」

小さくつぶやくと、フランさんが慌ててわたしに向かって両手を合わせ、「ごめん」と申し訳なさそうに言った。謝るようなことじゃないと思う。けれど、やっぱりわたしは小さい子扱いされているんだなあと思う。

「このグレイ王国では、数百年前まではそれほど身分制は強固じゃありませんでしたから。それに、使用人も、貴族の子弟が行儀見習いとして奉公するものだったから、家族同然だったわけですよね」

わたしが言うと、うんうんとフランさんはうなずく。

「さすが宮廷魔術師見習いだっただけのことはあるね」

「わたし、これでも優等生だったんです」

「それは頼もしい」

フランさんはうれしそうに目を細めた。

ともかく、フランさんはテミィさんやトマスさん、エルくんを家族同然に扱っているらしい。

そうだとすれば、わたしはどうなんだろう？

フランさんはテーブルの上に、どんと大きな鉄鍋を置いた。あまり貴族らしくはないけれど、その鍋からは白い湯気と……とてもおいしそうな、刺激的な匂いがした。

テミィさんがわたしの耳もとでささやく。

「フラン様の手料理なんですよ？」

「え！」

わたしは思わず大声を出してしまう。

あの聖剣士フラン様が……料理を？

フランさんはわたしたちの会話を聞いていたみたいで、楽しげに口をはさむ。

「料理を作るのは、僕の趣味なんだよ。まあ、趣味に付き合うと思ってほしい」

フランさんが鍋の中の煮込み料理を取り分けてくれた。

わたしは恐縮して自分でとろうとしたけれど、フランさんに止められてしまう。

「アルテさんはお客さんなんだから……」

「でも……」

「これは角切り肉の煮込み料理《スペッツァティーノ》といってね。羊の肉と香味野菜をたっぷり入れてる。それで白ぶどう酒を目いっぱい入れて、時間をかけて煮込んでいるんだ」

そう語るフランさんはちょっと自慢げに、青い瞳を輝かせた。

そして、フランさんがそんな顔をするだけあって、料理は素晴らしいものだった。フランさんは趣味だといったけれど、これは趣味のレベルを超えている。

言葉にはできないような、深いコクがあって……。宮廷でたまに出されたご馳走よりもおいしいかもしれない。キュピーも小皿に取り分けられた料理を、ぺろぺろとなめながらおいしそうに食べていた。

やわらかい白パンによく合う料理だ。こういう料理って、本を読むと、ぶどう酒を飲みながら食べればとてもおいしいと聞くけれど。知識としては知っていても……わたしはやっぱり子どもだし。

ついわたしはガツガツと食べてしまって、そして、ふと我に返って赤面する。けれど、フランさんも、テミィさんも、執事のトマスさんもみんな穏やかな目で、優しげにわたしを見つめている。

「とっても……おいしいです」

わたしが素直に言うと、フランさんは、すごくうれしそうに、青い瞳をきらきらとさせた。

「口に合ったようならうれしいよ。お代わりはいるかい？」

フランさんはたっぷり作ったので、いくらでも食べていいと言ってくれた。実際、テミィさんはわたし以上に大食いで、ものすごい量を一瞬で平らげている。

わたしもお言葉に甘えて、さらに煮込み料理を口に運んだけれど……どれだけ食べても飽きがこない。頬が落ちるようというのは、こういうことを言うのだろう。この料理が食べられるだけでも……この屋敷に来られて幸せだと思う。

フランさんをちらりと見ると、フランさんもにこっと笑って、わたしを見つめ返した。

そしてゆっくりと言う。

「僕らの屋敷にようこそ、テイマーのアルテさん。君が来てくれて、本当にうれしいよ」

「……えっと、あの……ふつつかものですが、よろしくお願いいたします」

わたしは慌てて、変なことを口走ってしまう。

けれど、フランさんは気にしたふうもなくて、うれしそうに「よろしく」とうなずいた。

屋敷にやって来た日は、昼ご飯の後、自分の部屋でのんびりして、また晩ご飯でご馳走をいただいて……。

こんなに幸せでいいのかなと思ってしまう。宮廷から追い出されたときは、このままのたれ死ぬかと思っていた。そんな境遇からすると、夢みたいだ。

本当に夢だったら、どうしよう……？

そんなことを考えて、なかなか寝つけなかった。けど、朝になって起きてみると、やっぱりわたしはフランさんのお屋敷にいて。

メイドのテミィさんがわたしのために身支度や部屋の片づけまでしてくれる。かわいらしいドレス風の服まで着せてくれた。

恐縮していると、彼女は「アルテ様はお客様なんですから」と言って笑った。歓迎されてうれしい反面、ちょっと緊張する。

わたしが丁重に扱われているのは、フランさんにとって役に立つ存在だからだ。テイムのスキル……これが、フランさんの目的である魔獣の研究にとって有用だから。

だから、がんばらないといけない。

フランさんに……このお屋敷の人たちに見捨てられないようにしないと。忌み嫌われるスキルであるテイムを、フランさんは評価してくれた。わたしに期待してくれている。

その期待に応えたい。わたしは――強くそう思った。

お屋敷で迎える初めての朝。朝食は、ミルクとビスケットに、紫花菜《アーティチョーク》のつぼみを炒めて卵でとじたものだった。シンプルだけれど、朝から食べるにはぴったりの、おいしくて食べやすいメニューだ。

昨日と同じで、フランさん、トマスさん、テミィさん、エルくんがテーブルについていて、和やかに会話をしていた。

朝日が窓から差し込んでいて、暖炉の火も暖かに輝いている。

食事が終わった後、わたしはフランさんの研究室に呼ばれた。

いよいよ、だ。気合を入れないと……。

屋敷の別館が、フランさんの研究室になっているらしい。王立アカデミーに籍を置いているけれど、研究は屋敷の中で行っているという。

レンガ造りの大きな正方形の建物で、とても古めかしく、蔦も這《は》っている。

びっくりしたのは、その建物の周りには柵があったり、檻が置かれたりしていて、その中にたくさんの魔獣がいることだった。建物に入るよりも先に、わたしが案内されたのは、そうした魔獣がいる場所だった。

全部で十四ぐらいいるだろうか。くちばしの鋭い鳥みたいなものや、犬と狐のあいだのような見た目の魔獣がいて、全部小型だった。

普通の動物みたいに見える。けれど、どれもあきらかに魔力を放っている。

わたしは冒険者だったわけじゃないし、ほとんど魔獣を見たことがない。代表的な魔獣は本で見たことがあるけれど、ここにいるのはそのどれにもあてはまらないみたいだった。

「すごい……たくさんの魔獣を……こんなふうにお屋敷で飼っているんですね」

わたしの肩の上のキュピーも「きゅぴっ」と驚いたように鳴き声をあげる。

フランさんは得意げな笑みを浮かべた。

「そう。これにはけっこう苦労したんだ。僕はテイムのスキルがあるわけじゃないし、飼いならすのには工夫が必要でね」

それはそうだと思う。基本的には、魔獣は人間の敵だ。テイムのスキルなしに、魔獣を飼育するなんて普通は誰も考えない。

だいいち、魔獣は教会の異端者だし……。

「博物学に必要な要素はなにか知ってる、アルテさん？」

「採集と整理、ですか？」

「その通り。さすがだね」

宮廷魔術師の見習いコースは、魔術以外のこともたくさん勉強した。魔術科目以外は露骨に手を抜く同級生もいたけれど、わたしは一応優等生だったのでなんでも勉強している。

だから、博物学の研究方法も、ほんの少しだけかじった。

「博物学は、自然にあるものを分類して、それぞれの性質をあきらかにすることを目的としている。鉱物だとか、動物や植物、そして魔獣。そのどれも興味深いけど、研究のためには、実物を集めて、それを整理して名前をつけないといけない」

「そうじゃないと分類できないですものね。この植物は、百合《ゆり》という名前である、みたいなことさえわからなかったら、研究のしようがないでしょうし」

「そうそう。博物学では分類ということがとても大事だ。その究極的な形が、図鑑なんだよ」

「だから、フランさんは、図鑑の作成を目指しているんですか？」

「……魔獣を網羅した図鑑。そんなものは、これまでなかったんだよ。もし、そんなものができれば……博物学にとっては大きな進歩だ。そして……この国も大きく変わる。それはアルテさんにとっても無関係じゃないよ」

「そうですね。フランさんの目標でしたら、わたしもできる限り力になりたいです」

「ありがとう。でも、そういう意味じゃないんだ」

？　どういうことだろう？

フランさんはくすっと笑った。

「魔獣図鑑が完成すれば、いかに人間が魔獣と共生できて、そして魔獣が人間にとって有用な存在かも、世の中に知らしめることができる。そうなれば……」

あっとわたしは声をあげた。

そう。

わたしはテイムのスキル持ちゆえに忌み嫌われている。それは、魔獣という邪悪な存在を従えるものだからだ。けれど、魔獣の生態があきらかになって、敵視されることがなくなれば……当然、テイマーであるわたしの地位も上がるはず。

フランさんはうれしそうに微笑んだ。

「やる気になってくれたかな？」

「はい！　でも、もともとわたしはやる気満々です」

宮廷を追放されたわたしのことを……フランさんは拾ってくれた。

チャペル・ベアの脅威からも救い出してくれた。

だから、わたしはフランさんの力になりたい。

「それじゃ、改めて、僕の研究の助手となってくれる？」

「わたしなんかでよければ、喜んでお手伝いします」

「助かるよ。君と出会えたのは、神の助けだ」

心の底からうれしそうに、フランさんは言う。そして、ぽんと手を打つ。

「じゃあ、早速、研究の道を踏み出そうか」

「わたし、なんでもします！　危険な魔獣をテイムすることでも、山奥に魔獣を捕まえに行くことでも……」

フランさんは「よし」とうなずいた。

わたしは、どんな難題を言い渡されるか、わくわくした。

わたしにしかできないこと。フランさんの力になれること。そんなことをわたしは期待していた。

だけど、フランさんは、意外なものを棚から持ち出した。真っ白なスケッチブックのようなものと……色鉛筆？

わたしが思わず見ると、フランさんは満面の笑みを浮かべていた。

「これは……なんですか？」

「魔獣の研究の道具さ」

「ええと……」

「端的に言えば、絵を描くのさ。……二十年前、大博物学者マキノは、この王国のすべての植物を集成した図鑑を作成した。彼はあらゆる面で偉大だったけれど、その最も高い能力は、精密な植物図を描くことだった」

「植物図？」

「そう。植物の特徴を、本物よりも本物らしく写し取った素晴らしい図でね。一度読んでみるといいと思うけど、僕のもふもふ図鑑にもそういう図を載せたい」

フランさんは、マントのポケットから、小さな手帳のようなものを取り出した。それを丁寧に開いて、わたしに見せる。

そこには……白いもふもふの子犬みたいな生き物が、とても精細に、そしてかわいらしく描かれていた。

キュピーだ！

「昔、見かけたシロナキウサギをスケッチしたものだよ。君のそのキュピーくんと同種だね。図鑑にはこういう絵を載せることになる」

そういえばキュピーは、シロナキウサギという種の魔獣だった。フランさんの絵はとても上手で、実物のキュピーと見比べてもそっくりだ。

わたしがそのことを伝えると、フランさんは肩をすくめた。

「ありがとう。でもね、それだけじゃ十分じゃない」

「え？」

「本物以上に本物の特徴をとらえることが必要なんだ。シロナキウサギ、といっても個体ごとに違いがある。その共通の特徴を、絵に写し取れるのが理想だけれど……僕はまだ、その域には達していない」

フランさんは小さくつぶやいた後、微笑んだ。

「ともかく、アルテさんにも、魔獣の絵……魔獣図を作成する練習をしてほしくてね。僕の助手として、そして博物学者には必要なスキルだから」

「えっと……私も博物学者になるんですか？」

「もちろん。君をただの助手にしておくのは、もったいないからね。せっかく宮廷魔術師の学校にも通っていたんだから。十分な能力もあるわけだし」

てっきり、フランさんの役に立つように、手足のように命令通りにやることをやるだけだと思っていた。

そんなわたしの内心を見透かしたようにフランさんは笑った。

「僕はアルテさんを道具みたいに利用するつもりはないよ」

「あ、ありがとうございます！」

幸い、絵を描くことは嫌いじゃないし、得意な方だ。

訓練すれば、それなりにはできるようになるかもしれない。

「魔獣は標本……つまり、倒した魔獣の死体からサンプルをとることはできない。倒してしまった魔獣は、魔力の束縛を失って原形をとどめなくなるから」

へえ……とわたしは思う。

冒険者に倒された魔獣は、鉱物みたいな有用なものを残していくことがあるらしい。けれど、たしかにその死体をどう処理するかという話は聞いたことがない。

「だから、生きたまま飼うか、絵に残しておくかしかなくて、これが研究の障害になっているんだよ」

なるほどと思う。

そうだとすれば、生きた魔獣を手懐けるわたしのスキルが重要なのもよくわかる。

そういえば、魔獣を見ると、シロナキウサギとかチャペル・ベアとか、種の名前がぼんやりと光って、その横に浮いて見える。それはたぶん、わたしがテイマーゆえの特殊能力によるものだけれど……。

でも、不思議といえば、不思議だ。

フランさんは、魔獣を集め、分類し、名前をつけて図鑑を作るという。でも、わたしの場合は最初から、なぜか魔獣の名前が自然と浮かんでくる。

なら、図鑑の意味はなんなんだろう？

わたしは恐る恐る、そのことを尋ねてみた。まるでフランさんのやっていることが無意味みたいで、気が引けるけれど……。

けれど、フランさんはあっさりと首を横に振った。

「もともと、種の名前というのは人間が人間のためにつけるものだよ。最初から魔獣に名前がついているわけじゃない」

「なら、どうしてわたしは魔獣の名前がわかるんでしょう？」

「おそらく、だけど、大昔から存在が知られている魔獣については、名前がわかるんじゃないかな」

フランさんは檻の小さな窓を開けて、魔獣の一匹に、赤い鉱石みたいなものをあげていた。たぶん餌《えさ》なんだろう。

くちばしの鋭い鳥みたいな魔獣の名前は……浮かび上がってこなかった。

「固有スキルは女神から与えられるもの。そして女神が地上にいたのは、今から千二百年前だと言われているからね」

女神というのは、教会の最高神の女神ソフィアのこと。

わたしたちは……宮廷魔術師を目指したものは、みんな、祝福の儀式でスキルを授かる。それがわたしはテイムで、フランさんは聖剣を扱うスキルだった。

この女神ソフィアというのは千二百年前に、この世界に降り立ったという。それは半ば伝説だけれど、でも、すべてを伝説と片づけるには、あまりにも生々しい逸話がいろいろと残されている。

「女神の知識がそのまま授与されていると思えば、当時から知られていた魔獣の名前が浮かんでくることも説明がつくんじゃないかな」

「へえ……」

「きっと女神ソフィアは、人間にも魔獣にも等しく愛を注いでいたのさ。まあ、ただ、あくまで女神の時代の知識だから、分類に誤りもあるし、不正確でもある。便利だけど、全面的には信用しない方がいいというところかな。僕の知っているテイマーの人もそう言っていた」

わたしは内容よりも、フランさんの言葉の最後にびっくりした。

「わ、わたし以外にテイマーの人を知っているんですか⁉」

フランさんは珍しく、「しまった」という表情をした。フランさんはいつも笑っているし、ときどき焦った表情も見せる。けれど、今はそれとも違って……少し怯《おび》えている？

「そう。昔、あるひとりのテイマーと知り合いだった」

「過去形、なんですか？」

「その人は亡くなったからね」

フランさんはさらっと言った。悪いことを聞いてしまったかもしれない。その人がどんな人かは知らないけれど、もし、フランさんの親しい人だったら……。

「気にしなくていいよ。むしろもっと早く話しておけばよかったね」

そう言いつつも、フランさんはその人について、なにも語ってくれなかった。フランさんは……貴族の子として生まれ、宮廷魔術師となり、聖剣士の冒険者としても大成功を収めた。そんな輝かしい経歴の中にも、決して明るくないこともあるのかもしれない。

わたしの想像は、フランさんの言葉で打ち切られる。

「さあ、今日のところは、魔獣図の描き方だけじゃなくて、基礎的な博物学の手法についてアルテさんに教えることにしよう。そして、明日は一緒にフィールドワークに行ってみることにしようか。アルテさんのテイムのスキルも、改めて見てみたいし」

フランさんはごまかすように、不思議な明るさで言葉を重ねた。

フランさんはその後、いろいろとわたしに教えてくれた。図鑑作成の下書きとなる分類カードの作成方法、基本的な種の見分け方、学名のこと……。

フランさんの教え方は丁寧で、そしてわたしのことをのみ込みが早いと言って、すごく褒めてくれた。

まるで弟子みたいに大事にしてくれる。

あまり優しくされすぎると、なんだかくすぐったい。うれしいから、いいんだけれど。

翌日の朝、わたしは早起きした。時計の針は午前六時を指している。とても……眠い。

けれど、冬の日は短いし、遠出するなら、早く行動を開始しないといけない。これはわたしから、フランさんに提案したことだ。

フランさんいわく、魔獣の採集のためには、できるだけ朝から行動して時間を確保する必要がある。

魔獣の行動は朝と夜に活発で、夜はいろいろと危険なことが多いから、朝がベストなタイミングということのようだった。

昨日、フランさんから一般論として聞いたことだったけど、早速実践したわけだ。フランさんは、わたしを朝早くから働かせることを心配していたけど、押しきった。

テミィさんの「起こしましょうか?」という申し出を断っているから、ちゃんと自分で起きないと。

でも……眠いなあ。二度寝しかけたわたしの耳を、キュピーが甘噛みする。

びっくりして跳ね起きたわたしを、じーっとキュピーが見つめる。

「……わかったよ、キュピー。起きなかったら、フランさんに失望されちゃうものね」

もしわたしが二度寝して、部屋から出てこなくても、フランさんなら笑って許してくれそうな気がするけれど。

でも、その優しさに甘えちゃダメだ。

天蓋付きのベッド——わたしには贅沢すぎるかも——から起き上がると、さくっと緑色のジャケットとスラックスに着替える。初めて会ったとき、フランさんが宿で用意してくれた服装だ。

わたしが食堂へと向かうと、フランさんはすでにテーブルについていた。

フランさんはわたしを見て、微笑む。

「早起きできて偉いね」

「……子ども扱いしていますね？」

「ははは、ごめん。でも、本当に無理はしなくていいんだよ。その……君ぐらいの年齢の子は、ちゃんと睡眠を取らないといけないし」

やっぱり子ども扱いしている。

でも、フランさんの言う通りではあるとは思う。やっぱり――大人に比べると、わたしみたいな、やっと十二歳になった人間は、長い睡眠時間が必要みたいだ。そうじゃないと……眠い。

「まあ、今日はせっかく早起きしたんだから、出かけようか」

「はい！」

「……っと。その前に、これを」

フランさんは、わたしに小さな木の棒のようなものを渡した。

シンプルな直線形の茶色の棒だけれど、金色の線が中央に入っている。

そして、銀文字で、外国語が書かれていた。ただし、どこの国の言葉かはわからなかった。

これ……魔術師には必要不可欠な、魔法の杖だ。

わたしが跳ねるように顔を上げて、フランさんを見つめると、彼は微笑んだ。

「魔獣から身を守るために必要だし……それに、君は魔術師だから、必要だと思ってね。アルテさん専用の杖にしていいよ」

「い、いいんですか……？　これ、すごくいい杖だと思うんですけれど……」

「そうでもないよ」

そういうフランさんの言葉は、わたしにも嘘だとわかった。

わたしのために、外国製のすごく高価な杖を用意してくれたみたいだった。

宮廷魔術師を目指していたわたしにとって……自分の杖は憧れだった。宮廷では借り物の杖を使っていて、それも追い出されるときに、取り上げられた。ちゃんと一人前の宮廷魔術師になれていれば、杖を下賜《かし》されるはずだったけど、その機会は永遠に失われた。

でも……代わりにフランさんがこの杖をくれた。

わたしは……うつむいた。うれしすぎて、顔がにやけそうだったから。

「……ずっと大事にします。フランさんにいただいた杖ですから」

「いや、そんな大層なものでは……ないよ。それに外出用の服もちゃんとしたものを用意できていないし」

フランさんは申し訳なさそうに言う。

今、着ているのは、宿に泊まったとき、フランさんが急いで用意してくれたジャケットとスラックスだ。宿の人からただ同然でもらったものだから、急ごしらえなのは否定できない。けど、わたしはこの服を気に入っている。

だって、フランさんがくれたものだから。

わたしがそう言うと、フランさんは照れくさそうに、金色の髪をぽりぽりとかいた。

「お世辞でもそう言ってくれるのは……うれしいね」

「本心ですよ。わたしは子どもですから、お世辞を言ったりしません」

おどけて言うと、くすっとフランさんは笑った。

「君は十分に大人だよ」

わたしたちはテミィさんの用意してくれた簡単な朝食を、一緒に食べた。まるで家族みたいで、ちょっとうれしい。

それから、足早に玄関へと出た。キュピーも一緒で、肩に乗っている。

すると、真っすぐ向こう、村の風景の先の地平線から、空が明るみ始める。

日の出だ。

冬の村の風景と相まって、淡い朱色に染まった空はとても美しかった。

「……きれい、ですね」

わたしがつぶやくと、フランさんは「そうだよね」と微笑んだ。

早起きしたかいがあったかもしれない。

村の端まで行く予定で、わたしたちは馬車に乗るつもりだった。ぱちんとフランさんが指を鳴らすと、どこからともなく馬車が走ってきて、車寄せに止まる。

馬車は、この屋敷に来るとき同様、それなりに立派なものだった。

けれど、御者の人が……いないような……？　魔法で呼び寄せたんだろうか？

驚いたことに、フランさん自ら、御者の席に座った。しかも、その馬車は……普通とは違った。二頭立てであること自体は、それほど驚くことじゃないけれど……真っ黒な馬に、白い羽が生えている！

フランさんは得意げに胸を張る。

「これが僕の自慢のペガサスの馬車だ」

「ペガサス……？」

「そう。正確には、東洋ペガサス、学名でPegasus《ペガスス》 orientalis《オリエンタリス》というのだけれど、要するに空飛ぶ馬だ」

わたしは改めて、ペガサスを見つめた。その細長い顔は穏やかな表情を浮かべ、つぶらな赤い瞳が、わたしを見つめ返している。

こんなにも……温和なんだ。

ペガサスは伝説上の魔獣で、それがいるというだけでもびっくりするのに、それを飼いならして馬車馬にしているなんて！

「普通の西洋ペガサスは、かなり凶暴で、こんなふうに飼いならすことはできない。ただ、いわゆる東洋ペガサスと呼ばれる種は、普通の馬と同じぐらいか、それ以上に賢いし、人懐っこいんだ」

「へえ……」

「みんな、そういうことはほとんど知らない」

「わたしも……恥ずかしながら知りませんでした」

「知らなくて当然だよ」

フランさんは穏やかに言って、けれど、真顔になった。

「ただ、問題なのは、宮廷魔術師を含む、この国のお偉方がそれを知らないことなんだ。そのせいで、憶測と偏見で、すべての魔獣を危険な存在だと断じているにすぎない」

フランさんは普段の穏やかさに似合わず、すぱっと厳しい調子で言った。

そこに……わたしはフランさんの強い情熱を感じた。

わたしはそっとペガサスの背をなでてみる。その背中の毛はふかふかで、温かかった。こんなにかわいくて、役に立つもふもふの生物が、人類の敵だと言われてるなんて……たしかにもったいない。

フランさんは魔獣の研究が国の役に立つと言った。でも、単純に魔獣が大好きなんだろうなという気もする。

そして、魔獣が好きという単純な理由の方が、わたしとしても共感しやすかった。わたしもキュピーのことは大好きだし。

「さあ、しっかりつかまっていてね、アルテさん」

「え？」

「ペガサスの馬車は……当然、飛ぶんだから！」

ふわっと馬車が浮く。

わたしは慌てた。近くに体を縛りつけるための縄？　みたいなものがある。これが命綱なんだろう。

急いでそれを身につけると、少し安心……できない！

キュピーもわたしに必死でつかまりながら、「きゅぴーっ！」とかわいらしい声で絶叫する。

馬車は低空だけど、たしかに浮遊して、すごいスピードで走り始めた。あっという間にお屋敷は遠くうしろに去っていき、そして、見えなくなった。

代わりに、フランさんの領地であるトゥル村の風景がめまぐるしく流れていく。赤い屋根の家々も、白雪に染まった畑も……とても穏やかだ。

まだ朝早いし、農作業がある時期でもないから、完全に村は寝静まっている。まるで馬車の上の、わたしとフランさんが……世界のすべてのような気がしてくる。

まあ、もう少し、平和に座っていられる乗り物だったら、もっとロマンチックだったかもだけれど……。

すぐに、わたしたちは目的の洞窟についた。……こんなに早く着くんだったら、早起きは必要なかったのでは？

ともかく、ここで実際に魔獣を探すという。

魔獣は大抵は人里離れた場所にひっそりと暮らしているらしい。

そういう場所——洞窟とか地下遺跡にはお宝が眠っていたり、大事な資源があったりする。だから、冒険者に討伐される。

まあ、冒険者にしてみれば、魔獣を倒さないと生き残れないわけで、仕方ないといえば仕方ない。ただ、人間の勝手な都合といえば都合だ。

一方で、時折、魔獣は王都のような人の密集地にも姿を現す。そういう魔獣には、キュピーのような無害な子もいるけど、かなり凶暴なものも多い。そんな一部の魔獣が街の人たちを襲うせいで、ほかのすべての魔獣まで忌み嫌われる。

ただ、今回、わたしたちが来ているのは洞窟だ。

洞窟は、フランさんの領地の一番端っこの崖のあたりにある。

ほとんど人が近寄ることもないし、資源や財宝があるわけでもないという。

「この洞窟は、トゥル村の中では、一番魔獣がたくさん生息しているエリアなんだ。人を襲うようなこともしないし」

「へえ……それは珍しいですね」

洞窟全体の魔獣が、人間の害にならないなんてレアだと思う。人のいない場所に生息する魔獣でさえ、人里まで下りてきて、人間を襲うものだと思っていた。

けど、フランさんは首を横に振った。

「いや、そうでもないんだよ」

「そうなんですか？」

「うん。人間にとって利用価値のある資源や財宝のない場所に住んでいて、人を襲わない魔獣。そういう魔獣たちは、そもそも人間と関わることがないからね」

あっ、そっか……。

人にとって無害な魔獣は、無害な生き物として意識されることすらないわけか。

「そういう魔獣のことを調べて、図鑑にまとめていくのが僕たち博物学者の仕事さ。まだ……誰にも知られていない魔獣のことを、ね」

フランさんの表情は明るかったが、一瞬だけ、ふっと影のようなものが差した。

どうしたんだろう……？

すぐにフランさんの表情はもとに戻った。

そして、「さあ行こう」とつぶやいて、洞窟へと一歩を踏み出した。


洞窟は、じめじめとしめっぽい感じだった。

いわゆる鍾乳洞《しょうにゅうどう》というものだと思う。まだ入り口付近だから、日の光が入ってくる。けれど、奥に行くと、そういうわけにはいかず、真っ暗になりそうだった。

わたしは、とんとんと足を踏み鳴らし、「光を《ルーチェ》」とつぶやいた。すると、ぼわっと周りに光の球が浮く。

　このぐらいなら、魔法の杖なしでも、大丈夫だ。

「おお、さすがだね。十二歳なのに、もう杖なしでそのレベルの魔法が使えるんだ」

　フランさんは感心の声をあげ、そして、「いい宮廷魔術師になれただろうに」とつぶやいた。

　わたしはそれを聞いて、ちょっと悲しくなった。女神から与えられた固有スキルが……テイムでなければ、宮廷魔術師になれていたのに。

　わたしが表情を暗くしたのを見て、フランさんは慌てたようだった。

「ごめん、無神経なことを言ったね」

「ううん、いいんです」

　わたしは微笑んだ。宮廷魔術師にはなれなかったけれど……今、こうしてフランさんに必要とされている。

「禍福《かふく》は糾《あざな》える縄《なわ》の如《ごと》し」ということわざがある。幸福と不幸は、分かちがたく結びついているという意味だ。その通りだと思う。

　テイムのスキルがあるせいで、わたしは宮廷魔術師になれなかった。けど、テイムのスキルがあったおかげで、フランさんのそばにいられる。

「でも、せっかくなら、杖を使ってもいいんだよ。その方が楽じゃない？」

　フランさんの言葉に、わたしはもらったばかりの杖を見つめた。

わたしはそれをまだ胸に大事に抱いていた。

杖を使わなかったのには、実はふたつ理由がある。

ひとつは、フランさんにわたしの魔法の腕を見せて……褒められたいという下心があったから。予想通りに褒めてもらえて、とってもうれしい。わたしはちょっと悪い子なんだ。

もうひとつの理由は――。

「だって……せっかくフランさんからいただいたものなのに、すぐ使ってしまうのは、もったいない気がして……」

「ええと、でも、杖は使ってなくなるものではないよ？」

「はい。でも、新品のまま飾っておきたいぐらいうれしかったんです」

この杖を初めて使うのは、もっと特別なときまでとっておきたいのだ。

わたしの言葉に、フランさんは顔を少し赤くした。

「そんなに喜んでもらえると……気恥ずかしいな」

「喜んではダメでしたか？」

わたしがからかうように言うと、フランさんは肩をすくめてくすっとした。

「ぜひ、どんどん喜んでよ。杖を使う喜びも含めて、ね」

「はい！」

わたしは元気よく答え……そして、辺りの空気が変わるのを感じた。もしかして……魔獣がやって来た？

キュピーも「きゅっ」とわたしに注意を促すように鳴く。

ただ、フランさんは落ち着き払った様子だった。怖いものなしということなのかもしれない。

洞窟の奥にゆらりと動く影がある。そして、その魔獣はついに姿を現した。

「……キツネ？」

現れたのは、とても小さくて、かわいらしいキツネみたいな生き物だった。わたしたちからだいぶ距離を取っている。

三角形の耳がぴょこんと生えていて、普通のキツネよりもひと回り小さい。

ただ、普通の動物と違うのは……そのキツネが、金色に発光していることだった。

その生き物は、じーっと、警戒するように金色の瞳で、遠巻きにわたしたちを見つめた。

キュピーがきゅきゅっと警戒するように鳴き、キツネと睨み合いを始める。

そういえば、横に、魔獣の名前が浮かんでいるだろうか？

わたしは辺りを見回してみたけど、それらしい文字は浮かび上がっていなかった。テイムのスキルでは名前がわからない魔獣がいるとフランさんは言っていたけれど、早速その実例にあたったみたいだ。

フランさんは言う。

「あのキツネ……みたいな魔獣は、たぶん新種なんだ」

「そう。新種と認められるためには、生きた状態でその魔獣を連れていくとか、既存の種との決定的な違いを記録するとか、はっきりした証拠をもって王立アカデミーに提出しないといけない。図鑑に載せるためにも十分な観察が必要だ。けれど……」

「問題があるんですね。そして、それはわたしのテイムのスキルで解決できる」

「ご明察。おそらく、その通りなんだ。あのキツネは、あまりにも警戒心が強すぎる。たとえば、こっちを襲ってくるような魔獣だったら、捕まえたりもできるんだけれど……」

「近づくと逃げられてしまう……ということでしょうか？」

「たぶん？」

フランさんはこくりとうなずいた。

なるほど……。

聖剣士のフランさんにもできないことはあるんだ。

それを解決するために、わたしがいる。フランさんの期待に応えたいところだけれど……。

テイムのスキルは、遠距離ではあまり効かないみたいだった。

どうしたものだろう……？

じっとそのキツネのような魔獣を観察してみる。ぐるぐると、キツネはその場に円を描くように動いていた。怖がっているのか、威嚇するようにわたしやキュピーを鋭く見つめ返す。

これじゃ、近づいた瞬間に逃げられちゃう……。

ふと、わたしは違和感を覚えた。キツネの歩き方が、変だ。

右足を引きずっているような……。

「あの子、たぶん、怪我してる……」

「え？」

フランさんはびっくりしたように、青い目を大きく見開いた。

そして、しばらくして「本当だ……」と小さくつぶやいた。

ここに解決の糸口があるかもしれない。

キュピーが大怪我したとき、わたしのテイムのスキルで、治してあげることができた。

わたしのテイムのスキルは、魔獣に対しては治癒の効果も持つのだ。

もしあの子の傷を癒やしてあげることができれば……警戒心を解くことができるかもしれない。わたしは身を屈め、キツネの子と、目線を合わせる。

「おいで。あなたの怪我を治してあげる」

思いが自然と声になる。

そのキツネみたいな魔獣の子は……意外にも、素直にわたしの方へとやって来た。テイマーだから……キュピーと同じように、この子にも意思が伝えられたんだと思う。

フランさんが、歩いて、少しわたしから距離を取る。たぶん、相手の魔獣の子を怖がらせないように、離れたんだ。

ちょっと心細いけれど……でも、きっと大丈夫。

わたしの足もとに来た魔獣は、ひょいとわたしを、不思議そうに見つめた。

この距離まで来れば、テイムできないこともないけれど……でも、それでは騙《だま》し討ちだ。

わたしは、魔獣の子に手をかざした。

キュピーが傷ついたときと同じなら……これだけで、わたしはこの魔獣の子を癒やすことができるはずだ。

……なにも起こらない。

もしかして……前回は、まぐれかなにかだったんだろうか。

ぼわん、と不思議な白い明かりが、わたしの手に灯る。

びっくりしているうちに、キツネの子も、白い光に包まれた。

「こきゅっ」

その甲高い声が、キツネの魔獣の子の鳴き声だと気づくのに、少し時間がかかった。

その子は、うれしそうに、わたしの足もとをくるくると回るように歩いた。その歩き方には、さっきみたいな不自然なところはない。

……ということは。

治ったんだ！

フランさんをちらっと見ると、わたしに向かって、ぐっと拳を握ってガッツポーズをしてくれていた。ちょっと子どもっぽい動作のような気もするけれど、そこがフランさんのいいところな気もする。

ともかく、後はやることはひとつ！

わたしは、そっとキツネの子に手を伸ばした。その子は抵抗せず、わたしの手を受け入れて、頭をなでられていた。

金色の毛皮は……とてもあったかくって、心地よかった。

「テイム！」

すると、今度はキツネの子が青い光に包まれて……温かくて、心地よい感覚が手のひらから胸へと流れ込んでくる。

わたしの手に浮かんだのは、二重丸の赤い刻印。それが魔獣の子の頭にも浮かんでいる。

……テイム成功だ！

わたしはキツネの子を抱きかかえてみる。本当にもふもふで……気持ちいい。

フランさんが恐る恐るといった様子で近づいてくる。でも、キツネの子は、怯えた様子もなかった。

きっとわたしがテイムしたから、主人の仲間であるフランさんを敵だと思わなくなったということなんだろう。

フランさんはほっとした様子で、キュピーもおめでとうとでも言うように「きゅぴっ」と小さく鳴いた。

「さすがアルテさん！　ありがとう。君のおかげで、新たな魔獣を図鑑に加えることができそうだ」

「この子は……どうしますか？」

わたしは抱いていた魔獣の子をその場に下ろす。フランさんはうなずいた。

「屋敷に連れ帰って、しばらく観察できればと思う。魔獣図を描かないといけないし、生態や特徴も見たいからね。もちろん、ひどいことをしたりはしないよ」

わたしはほっとした。もしこの子が実験材料にされたりしたら、どうしよう……？と思っていたから。

もちろん、フランさんはそんなことはしないと思うけれど、ちょっとだけ不安だった。

「そうだ。この子の種としての名前は、アルテさんが決めていいよ」

「え？　……わたしが、ですか？」

「そう。新発見の魔獣……少なくとも学術的には未分類の魔獣だからね。種としての名前をつける権利は、最初に分類した博物学者にある」

「それなら、フランさんが……」

「今回、この魔獣を観察可能な状態にできたのは、アルテさんのおかげだ。それに、もう君は立派な博物学者だよ」

フランさんは片目をつぶってみせた。

……まだ、わたしには博物学者だなんて自覚が十分だとはいえない。でも、フランさんが、そう言ってくれるなら、きっといつかは本当の博物学者になれるような気がする。

「……『キンイロキツネ』というのはどうでしょうか？　もふもふの毛が金色に光っているから……。安直かもしれませんけど」

「いいや、特徴をよくとらえたいい名前だと思うよ」

キュピーもきゅぴっと鳴いてうなずき、わたしがキンイロキツネと名付けた子もうれしそうに首をこくこくと縦に振る。

……なんとなく、うれしい。

フランさんも朗らかに笑い、そして、突然、わたしの手を握った。

びっくりして、フランさんを見上げると、フランさんはその美しく青い瞳で、わたしを真剣に見つめる。

「改めてわかったけど、アルテさんの力は……とても貴重なものだ。君なしには、僕の目標は達成できない。アルテさんは、僕にとってのソロモンの指輪なんだよ」

……ソロモンの指輪？　それってなんだっけ？

わたしはフランさんの言葉よりも、フランさんの温かな手が、わたしを包んでいることに……動揺した。

たぶん、わたしの顔は……真っ赤だ。

「僕には君が必要だ」

フランさんのつぶやきが、わたしにはとてもうれしかった。

＊＊＊

リシュモン侯爵家の聡明な三男坊。新進宮廷魔術師。聖剣士。偉大な冒険者フラン。

僕は……そんなふうに、かつて呼ばれていた。

でも、それはもう過去の肩書だ。すべてを捨て去ったわけじゃないけれど、僕にはもっと別の職分がある。

僕が二十歳のときに、選んだ道は……博物学者、つまり魔獣の研究者だった。

魔獣は人類と教会の敵とされ、忌み嫌われている。その使役者たるテイマーも差別されるぐらいだから、魔獣に対する蔑視と怖れには深刻なものがある。

なのに、どうして僕は、そんなものを研究することを選んだのか？

きっと、あのまま冒険者を続けているか、あるいは宮廷魔術師に戻るかすれば、平和で平穏で、周囲からもそれなりに称賛を受け続けることができただろう。

それでも僕が研究者になったのは、あるひとりの女性博物学者の影響を受けたからだった。

コンコンとドアのノッカーを叩く音がする。屋敷の僕の書斎は、古めかしくって、それは扉も例外じゃない。

どうぞと僕が答えると、赤髪の、とても小柄な少年が入ってきた。彼は真紅の瞳で僕を真っすぐ、不機嫌そうに見つめる。

「やあ、エル。夜中にどうしたのかな？」

時計の針を確かめると、きっかり十一時を指していた。アルテさんの協力のおかげでわかったいろいろな成果をとりまとめていたら、こんな時間になった。

エルという名のこの少年は、僕が雇っている使用人だ。もっとも、まだ幼いから、従者の真似事をさせるだけで、ほとんどの時間は勉強をしてもらっているから、養子みたいなものかもしれない。

まあ、妻どころか恋人もいない僕に、養子がいるというのも変だけれど。

実は、このエル少年には、ある秘密がある。

「夜分に申し訳ありません」

「いや、僕としてはエルが来てくれるのはうれしいけどね。なんといっても君は――」

「昼間はフラン様が、あの子どもと一緒に洞窟に出かけていたから、お話しする時間がありませんでした」

エルは僕の言葉を遮《さえぎ》り鋭く言う。これは……だいぶ不機嫌だな。

僕は肩をすくめた。

「あの子ども、じゃなくて、アルテさん、ね。彼女は、この屋敷の大事な一員だ。それに、彼女が子どもなら君だって子どもだ」

僕はからかうように言う。

アルテさんとエルは、同い年なのだから。

エルは顔を赤らめて、反論しようと思ったみたいだけれど、結局、なにも言わなかった。代わりにエルは、赤い瞳で僕をじっと見た。

「ペルセさんの面影を、あんな子どもに重ねるのはやめた方がいいですよ」

「……わかっているさ」

僕の師匠であり、偉大な博物学者であり、そしてテイマーだった女性。それが、ペルセだ。

僕よりふたつ年上で、驚くほどの知識があって、研究熱心で……魅力的で、いつも笑顔の女性だった。

彼女がいなければ、僕は博物学者にはならなかっただろう。

そして、ペルセは自殺した。

「……アルテさんとペルセは、テイマーであることを除けば、なんの共通点もない別人だ。年齢も十二歳以上違うし」

「ですが……あの銀色の髪、銀色の目、そしてフラン様に向ける視線……そのすべてがそっくりです」

だから心配なんだとエルの真紅の瞳は語っていた。

たしかに、そのことは十分すぎるほど意識している。ペルセを幼くしたら、そのままアルテさんになるといってもいいぐらいそっくりだ。姉妹のようにすら見えるけど、ペルセは天涯孤独の身で、親族もいないはずだ。ただ、銀髪銀眼は古代トラキア人の特徴で、ペルセもアルテさんも、その血を引いているのだろうとは思う。

そうすると、もうひとつ疑問がある。どうして宮廷魔術師たちはそんな容姿のアルテさんを拾ったのだろう？　なにか目的はあるのだろうか？　もっとも、僕にとってより重要なのは、アルテさんがトラキア人かどうかではなく、ペルセにそっくりだという事実なのだけれど。

エルはじっと僕を見つめる。

「フラン様が……ペルセさんのことを……その……好きだったことは知っています」

「同じ研究者としては、好感の持てる人だったね。だけど、それだけだ」

エルが「嘘つき」というように、僕を睨む。

そう。

たしかに、僕は嘘つきだ。ペルセをなんとも思っていなかったといえば……嘘になる。

僕は……アルテさんのことを考える。

彼女のテイムの力があれば、僕の研究は大きく前進する。そして、王国魔獣図鑑の完成も、不可能ではなくなるだろう。そして、それはペルセの夢でもあった。

アルテさんは、とてもかわいくて、純粋で、そして勇気のある女の子だ。頭の回転も速いし、勉強熱心で、テイムのスキルさえ授からなければ、いい宮廷魔術師になっただろう。

もし僕が彼女と同い年の子どもだったら、すぐに好きになっていたかもしれない。そんなアルテさんが、僕をきらきらと憧れの眼差しで見てくれている。

それがうれしくないといえば嘘になるが……だけど、僕は彼女の思っているような、強く正しい人間ではない。

僕は……偽善者だ。

ある意味では、僕はアルテさんを……利用しようとしている。

エルが、そんな僕の心を見透かしたように言う
「あの子どもは、フラン様が手を差し伸べなければ、ほかに行き場はありませんでした。それに十分すぎるほど甘やかしています。というか……」

エルは頬を膨らませて、僕をもう一度睨むが、その表情はとても子どもっぽくなっていた。

僕は微笑んだ。

「ああ、アルテさんが来たから、あまりエルに構えなくて悪いね。やきもち焼いてる？」

「か、からかわないでください！」

エルはぷいっと顔を背《そむ》けた。

エルには……秘密がある。彼がアルテさんに敵意を示しているのも、そのためだ。

ただ、いずれアルテさんと打ち解けることもできるだろう。ふたりとも……とてもいい子なのだから。

「それで、アルテさんに嫉妬していることを話しに来たわけじゃないだろう？」

「……フラン様は俺には意地悪ですね」

「まさか」

僕とエルは顔を見合わせ、そして互いにくすくすっと笑った。

それから、エルは幼いながらに真剣な表情を浮かべる。

「あの……フラン様……実は……」

エルが切り出した本題は、深刻なもので……そして、エルの意に反して、解決にはアルテさんの助けが必要だった。

考えなければならないことが、いろいろとある。エルの持ってきた問題もそうだが……王都では不穏な動きもあった。僕は封書を手に取り、砕けた封蝋《ふうろう》の跡を見た。その封蝋が使われていた手紙は、王立アカデミーの研究者からの知らせだった。

人間の魔獣化。王都の宮廷魔術師の一部が、その実験を進めているのだという。

第三章　エルくんの秘密！

わたしはベッドの上で目を覚ます。豪華な天蓋がついているから、まるでお姫様にでもなったみたいな気分だ。

大きなベッドを独り占めできるのも、広くて立派な客室を使わせてもらえるのも、フランさんのおかげだった。

わたしは寝ぼけ眼《まなこ》をこすりながら、つぶやく。

「昨日は楽しかったなあ」

フランさんに村の洞窟を案内してもらって、いろいろな魔獣を見ることができた。

キンイロキツネのテイムの後は、新種の魔獣に出合うことはなかったけれど、魔獣について、そして博物学についての知識を手に入れることができた。

たとえば魔獣の魔力を測る測定器のようなものの使い方とか、そういったことをたくさん教えてもらった。逆に、フランさんは、わたしのテイムのスキルの正確な効果を知りたがって、だからわたしはいろいろと試してみた。

テイムにかかる時間は、相手の魔獣の種類によるけど、だいたい三十秒ぐらい。同時進行で二匹の魔獣をまとめてテイムすることはできないみたいだ。

わたしがテイムに成功するたびに、フランさんは「すごい！」と褒めてくれて、心から感心してくれているようだった。

やっぱり、フランさんは優しいなあと思う。

無理をしなくていいとフランさんは言ってくれたけれど、フランさんのためにも、がんばらなくちゃ。

とりあえず、ちゃんと朝食の時間には食堂に行こう。

昨日みたいに早起きする必要はなかったけれど、でも、朝食は七時半からで、時計は七時を指している。

わたしはもともと優等生で、寝坊もしないし、きっちりとしているタイプだ。……と自分では思っている。キュピーも目を覚ましたようで、わたしにじゃれついていた。

扉のノックとともに、メイドのテミィさんが部屋に入ってくる。

長身のすらりとした美人の彼女は、わたしと目が合うと、微笑んだ。

「あら、おはようございます。昨日はお疲れだったでしょうに、ちゃんと起きていらして偉いですね」

「お、おはようございます……」

子どもじゃないからちゃんと起きられますと言おうと思ったけれど、どうしてか、その言葉は口から出てこなかった。

テミィさんのすさまじい大人の女性オーラに圧倒されてしまったからかもしれないし、わたしが実は子どもとしてテミィさんに甘えたいと思っているからかもしれない、なんて考える。

テミィさんはわたしに、こないだと同じようにフリフリのかわいいドレスを用意した。テミィさんのお母さんの形見で、そして、テミィさんがわたしに贈ってくれたものだった。

ピンク色のその服は、いかにもかわいいですよ！というのを強調していて、わたしには似合うとは思えないのだけれど……でも、おとなしくその服を着ることにした。

どうせ……抵抗しても、テミィさんに押しきられちゃうし……。

テミィさんは着飾ったわたしの姿を見て、とってもうれしそうにして、そして「かわいいー！」と言って、頭をなでた。

完全に子ども扱い……。でも、悪い気はしないかも。

テミィさんに付き添われながら、わたしは食堂へと向かう。

「昨日のフラン様はいかがでした？　ちゃんとアルテ様をエスコートしてくれました？」

冗談めかした口調のテミィさんにわたしも微笑む。

「はい。それはもうばっちり。わたしなんかにはもったいない騎士ですね」

普通だったら、フランさんみたいな偉大な聖剣士が、わたしと一緒にふたりで洞窟に行くなんてありえない。

つくづく、わたしは幸運だなあと思う。

食堂に到着すると、もうみんなは揃《そろ》っていた。

といっても、執事のトマスさん、従者のエルくん、そしてフランさんの三人だけだ。わたしとテミィさんのふたりを足せば、この屋敷の全住人となる。あと、キュピーがわたしの肩に乗っている。

貴族屋敷としては、かなり使用人が少ない方だと思う。

フランさんはエプロン姿で、わたしを見ると、ぱっと顔を輝かせた。

「おはよう、昨日はありがとう。アルテさん」

「お、おはようございます。あ、いえ、こちらこそ……ありがとうございました」

どぎまぎしてわたしが言うと、フランさんはくすっと笑った。

「そんなにかしこまらないでよ」

そう言われても……相手はずっと年上で、偉い人だし。

フランさんは親しみやすい人だけど、まったく緊張しないわけじゃない。

そのあたりのことは、たぶん、フランさんもわかっていると思うけど。

「アルテさんは甘いものも好きなんだよね？」

「え？　は、はい。そうですけれど……どうしてご存知なんですか？」

「テミィから聞いたんだ。勝手に聞き出して悪いね」

テミィさんの方を見ると、彼女はいたずらっぽく、両手を合わせて「ごめんね」というポーズをした。

べつに、食べ物の好みを知られても、ぜんぜん困らない。

甘いものは……大好きだ。世の中には甘い食べ物が嫌いな人もいるらしいけれど――宮廷時代の友人にもそういう人がいた――わたしには信じられない。

……甘いものほど素晴らしいものがこの世にあるだろうか？　いや、ないとわたしは心の中で断言してみる。フランさんはそんなわたしの心の中を知ってか知らずか、にっこりと笑い、そして胸を張った。

「というわけで、今日はアルテさんのためにとっておきの料理を用意したんだ」

食卓の上には、ドーム型の金属製の蓋《ふた》で覆われた大きな皿がある。

……いかにも、この中にご馳走が入っていますという感じだった。

テミィさんも、エルくんも待ちきれずにうずうずしている感じだった。トマスさんだけは、いつも通り冷静に白ひげをなでていたけれど、顔はほころんでいた。

ぱかっとフランさんが蓋を取る。おいしそうな、甘くてなにかが焼き上がった香りがする。

そこには……おいしそうな麦色のお菓子があった。

よく見ると、小さなシュークリームが一つひとつ、美しく積み上げられている。フランさんは、そこにとろりとしたチョコレートソースを大量にかけた。

すごくきらきらとしていて……おいしそうだ。キュピーも「きゅー」と楽しそうな声をあげていた。

「積み上げ《プロフィット》菓子《ロール》といってね、たくさんのシュー生地にアイスクリームを詰め込んで、そこに熱々のチョコレートソースをかける。すると……」

　フランさんはひとつをフォークで刺して、それを口に運んで頬張った。フランさんは頬を緩め、そして、会心の出来だというようにうなずいてみせる。

「アイスがいい感じにチョコのソースでとけて、この熱さと冷たさの両極が味わえる……。この感覚がたまらない……！」

　そう言ったのは、テミィさん。いつのまにか、テミィさんは椅子に腰掛けて、むしゃむしゃとお菓子を頬張っている。

　……お行儀はあまりよくない気もするけれど、いいんだろうか？

　見るとエルくんや、トマスさんまで、おいしそうに勝手にお菓子を食べ始めている。

　改めて、自由奔放な屋敷だな……とびっくりしてしまう。

　それにしても、こんな手の込んだ甘い食べ物が、朝食というのも珍しい。だいたい、グレイ王国では上流階級の人々でも朝食はいい加減に済ますことが多いと聞く。宮廷魔術師のグレンヴィル様たちもそうだった。

　気づくと、テミィさんがわたしのカップに紅茶を注《そそ》いでくれていた。彼女は片目をつぶってみせる。

「紅茶にとってもよく合いますから」

「あ、ありがとうございます」

わたしは慌てて席に座り、まず、紅茶に口をつけた。

深い赤い色のその紅茶は、不思議な香りがして、とてもおいしかった。これだけでも十分にいい味だ。

それから、わたしは積み上げ菓子《プロフィットロール》をフォークでつつき、その小さなひとつを、口へと運ぶ。

……本当だ。

テミィさんの言う通り、熱さと冷たさが絶妙に混ざり合ってる……。意外にも、優しい甘さで、舌にとけていくようだ。

そして、紅茶をもうひと口飲むと……天にも昇るような、素敵な心地がする。

わたしがぽーっとしていると、フランさんが微笑んだ。

「さあさあ、もっと食べて。アルテさんは育ちざかりなんだから」

フランさんは優しいなあと思う。

数日前には、王都の路地裏をさまよっていたわたしが……こんなに幸せでいいんだろうか。

横に座っているエルくんが、頬を膨らませていた。

「フラン様……俺も成長ざかりです」

「ははは、エルは……いや、その通りだ。どんどん食べてよ」

「はい！」

エルくんは目を輝かせて、お菓子をさらにどんどん頬張り始めた。

子どもっぽくて、かわいいなあと思う。

いや、まあ、わたしと同い年のはずだけど。それにしても、わたしよりもだいぶ小柄だ。

わたしぐらい、つまり十二歳ぐらいだと、男の子よりも女の子の方が背が高いということも珍しくはないとは思うけど、ただ、それを割り引いても、エルくんはずっと幼く見える。

わたしが無意識にじっとエルくんを見ていたら、エルくんがわたしを睨み返す。

「なんで見てるんですか？」

「ううん。べつに、なんでもないの」

わたしは慌てて言うが、エルくんはぷいっと目をそらしてしまった。

どういうわけか……エルくんには避けられているというか、敵意を持たれている。

わたしにフランさんを取られたと思って、エルくんはやきもちを焼いている。それがテミィさんの説明だったけれど、でも、それだけだろうか？

たったひとつ、この屋敷で心配事があるとすれば、エルくんとの関係だった。

フランさんも心配そうにわたしとエルくんを見比べる。

「エル……。アルテさんに冷たい態度は取らないでほしいな」

そうフランさんはたしなめるように言うけれど、エルくんはますます不機嫌そうに唇を尖《とが》らせた。

だけど、やがてエルくんもお菓子を食べることに夢中になって、だんだんと、子どもっぽい、幼くて愛らしい表情になる。

わたしにも……そういう表情を向けてくれればいいのに。

そんな一幕もあったけれど、ともかく、フランさんお手製の素晴らしい朝食を、わたしたちは堪能した。キュピーの口にも、いくつかお菓子を運んであげると、きゅぴきゅぴとうれしそうにぱくぱく食べていた。

朝食の席に着いたまま、フランさんがわたしの方を見る。

「アルテさん……今日は、ちょっと手伝ってほしいことがあってね」

「は、はい！　フランさんのためでしたら、なんでもやります！」

「本当は昨日の洞窟行きで疲れただろうから……休んでもらいたかったんだけど、悪いね」

わたしはぶんぶんと首を横に振った。

居候《いそうろう》の分際で、そんなことに文句を言ったりはしない。フランさんの役に立つことで、わたしはこのお屋敷にいられるのだから。

「よかった。じゃあ、早速、研究室に行こうか」

そう言って、フランさんはうれしそうに立ち上がった。

ふと振り返ると、エルくんが恨めしそうにわたしを睨んでいた。もしかしたらエルくんも一緒に研究室に来たいのかも。……テミィさんの言っていたやきもちを焼いているというのは間違っていないかもしれない。

わたしはエルくんに声をかけようかとして、思いとどまった。というより、声をかける勇気がなかったのだ。

わたしはそっと、フランさんの後を追った。

屋敷の別館にある研究室に、わたしとフランさんは入った。ちなみに、キュピーは部屋でお留守番だ。

レンガ造りの四角い建物の中と外に、多くの魔獣が飼育されているけれど、今回用事があるのは、そこではないらしい。

建物入り口の右手に地下への階段があって、フランさんに言われるまま、わたしはそこを下りていく。

きつい勾配の階段だ。

「ここには、魔獣関係の書庫があってね。必要な本があるんだけど、それをアルテさんに探すのを手伝ってほしかったんだ。博物学関係の本がたくさんあるから、アルテさんにとって、眺めるだけでもいい経験になると思うし」

単に手伝わせるだけじゃなくて、わたしのためを思ってくれているんだなと思うとうれしくなる。

期待に応えて……わたしも一人前の博物学者にならないと。

ふたりとも灯油ランプに火を灯して、手に提げているけれど、かなり薄暗い。ちょっと不気味な雰囲気だ。

蜘蛛《くも》の巣なんかも張っていたりする。

わたしが蜘蛛の巣を眺めていることに気づいたのか、フランさんはそれを払ってくれた。

「僕が先に行くよ」

「……でも……」

「蜘蛛の巣とか、僕は平気だからね」

自慢げにフランさんは胸を張ってみせる。くすっとわたしは笑った。圧倒的な実力を持つ聖剣士としては、あまりにささやかな自慢だ。

フランさんのそういうお茶目なところは、けっこう好きだ。

ただ……王都のスラムにいた孤児のわたしからすれば、蜘蛛の巣なんて平気のへっちゃらで、フランさんにかばってもらう必要もないんだけれど。

でも、フランさんがわたしのことを気にかけてくれるのはうれしいから、そのままお言葉に甘えて、後に続くことにした。

やがて到着した地下の書庫には、重々しい雰囲気の木の扉があった。

鍵がかかっているようで、フランさんが扉を開けると、ガチャリと鈍い音がした。

黒灰色《こくかいしょく》のその部屋の壁は、陰気な雰囲気だった。……ちょっと怖いかも。

ランプの光で照らしてみると、書庫はそれほど広くなかった。そこに所狭しと、本が並んでいる。

「ここから……目的の本を探すんですね？」

「そうだね。でも、しばらく自由に本を手に取って見てもらっていいよ」

わたしはその言葉に従って、書棚を眺める。適当に一冊の黒い背表紙の本をつかんだ。

そこには、『大グレイ王国植物図鑑　第二十三巻』と金色の文字で書かれている。

……植物図鑑？　てっきり、魔獣の本だと思ったのだけれど。

フランさんはその本を見て、うれしそうな笑みを浮かべた。

「その本はとてもいい本だよ。博物学者になるなら、分類の見本として役に立つ」

「植物の話でも、ですか？」

「もちろん。動物にせよ植物にせよ、そして魔獣にせよ、同じ博物学の研究対象であることには変わらないからね。採集と分類のお手本だよ」

そして、フランさんは、その本の著者の名前の部分を指差す。金文字で「理学博士マキノ」と書かれていた。

「この人はすごい人なんだ。たったひとりで、グレイ王国全土を旅して、植物図鑑を作り上げた。もう八十近いご老人なんだけど、今でも深夜三時まで植物図を描いているそうだよ」

「へえ……」

それはすごいと思う。わたしだったら、深夜三時まで起きていたら……いや、眠くなっちゃって起きていられなそうだ。

その情熱は……どこから来るのだろう？

わたしの心の中の疑問に答えるかのように、フランさんが言葉を重ねる。

「知らないことを知るという楽しみ。それがエネルギーの源なんだと思う。そして、マキノ博士はきっと植物が大好きなのさ」

「……フランさんも、魔獣が好きなんですか？」

「もちろん。もふもふとしていて、かわいいじゃないか」

フランさんはにやりと笑って、冗談っぽく言う。

でも、この王国では魔獣は忌み嫌われているから、冗談でも好きだなんて言う人はほとんどいない。

変わっているなあと思う。でも、フランさんのそういうほかの人とは違った物の見方が、わたしには魅力的だった。

それに、キュピーみたいな魔獣をたくさん見ていたら……わたしも、魔獣のことが好きになってくるかもしれない。いつのまにか、フランさんもぱらぱらと手近にあった専門書をめくっていた。このままだと、当初の目的を忘れて本を読みふけってしまいそうだ。

わたしは植物図鑑を書棚に戻し、フランさんに「あの……」と声をかける。フランさんははっとした顔をして、慌てて本を閉じた。

「おっと、そろそろ探し物を見つけないと。『伝統的黒竜《こくりゅう》の生態と脅威』っていう本なんだけれど……」

そのとき、ふっと冷たい風が部屋を駆け抜けた。

扉のガチャンと閉まる音と同時に、灯油ランプの明かりも消える。

その場は真っ暗になった。

「あれ……？」

わたしは間の抜けた声をあげる。

どうしたんだろう……？

幸運なことに、扉のすぐ近くにいたから、慌てて手探りで扉を探してみるけれど……。

建て付けが悪いせいか……扉が開かない！

どうしよう……？

明かりもないし、この狭い書庫に……閉じ込められてしまった。唯一の救いはフランさんがいることだけれど……。

あれ？

もしかして、フランさんとふたりきり？

宮廷にいた頃には、寮には娯楽小説がたくさん置いてあった。その中の恋愛小説的なものを読むと、こんな感じで部屋にふたりきりで閉じ込められて、仲を深めるというエピソードがあるものもあったような……。

ちょっと期待して、わたしはフランさんの顔を見ようとした。けれど、真っ暗なので当然、なにも見えない。

まあ、でも、フランさんがいれば、きっと安心だ。だって、あの聖剣士様なんだから。

「アルテさん……大丈夫？」

すぐ近くから、フランさんの声がする。

まあ、さっきまですぐ隣にいたから、当然だ。だけど、不思議だったのは、フランさんの声が少し震えていることだった。

「わたしは、平気ですけれど……」

「そうか、偉いね。真っ暗で狭いところが怖くないなんて、立派だ」

「……やっぱり、子ども扱いしていますよね？」

「いや、そんなことはないよ。心から立派だと思っている。なぜなら……僕は怖いから」

「え？」

「……昔から、暗いところも狭いところも苦手でね。我ながらよく冒険者が務まったものだと思うんだけど」

「それは……意外ですね」

「見損なった？」

「いえ！　そんなことないです」

たとえ暗くて狭い所が怖いとしても、圧倒的な戦闘力を持つ聖剣士であることには変わらない。わたしみたいな……何者でもない人間が、フランさんを「見損なう」なんて恐れ多くてできないことだ。

「えっと……炎魔法《ほのおまほう》とかで火をつければ……」

「いや……残念だけど、それはダメだよ。この狭い書庫の中で魔法を発動すると、本を灰の山に変えてしまいかねない。かなり細かく魔法がコントロールできればいいけれど……」

フランさんは高火力の魔法を放つことはできるみたいだけど、小規模な炎魔法は最近は使っていないから、どのぐらいの火力になるか、使ってみないことには見当がつかないらしい。

わたしも、そこまで繊細に魔法を使えるほどの腕はない。

フランさんがため息をついた。

「ああ、怖いなあ……」

本当に暗闇が怖いみたいだ。……フランさんには悪いけど、こういう弱点があるのは、ちょっとかわいいかもしれない。完全無敵の聖剣士でも、苦手なものはあるんだ。

そういえば、テミィさんも、フランさんには欠点もたくさんあると言っていたと思う。そして、そんなフランさんだからこそ、テミィさんは親しみを抱いているようだった。

わたしはくすっと笑い、そして提案してみる。

「わたしの手でも握ってみます？」

「え？」

「そうすれば……安心できるかもしれません」

そう言ってみてから、わたしは恥ずかしくなった。

ずっと年上の大人に、こんなことを言うのはおかしい気もする。でも、フランさんの声は本当に震えていて、苦しそうだった。

わたしは手探りして、フランさんの手を見つけた。そこに、そっと自分の左手を重ねてみる。

思ったより、大きくて、そしてやわらかな手だった。

すると、フランさんはびくっと一瞬震えた後、落ち着いたように、ほっとため息をついた。

フランさんが、わたしの手を軽く握り返す。

「ありがとう……アルテさん。情けないな、僕は」

「そ、そんなことないですよ」

むしろ手がつなげてラッキーというか……。抱きしめてくれてもいいんですよと心の中で思

う。いや、言ってしまってもいいのでは？

わたしはフランさんがどんな表情をしているのかを見ようとして目を凝らすけど……でも、真っ暗でなにも見えなかった。

ただ、フランさんの手の温かさだけが伝わってくる。

わたしにとって、フランさんは憧れの人で、命の恩人だ。宮廷魔術師で、そして立派な冒険者で、聖剣士。カッコいいし、とても優しい。

そんな人と手をつなぐことができるなんて。

じっくりそのことを考えて、顔が赤くなってくる。この時間がもっと続けばいいのに。いや、フランさんにとっては困るだろうけれど……。

でも、このままなら……抱きしめてもらうことも可能かも？　いや怖いからと言って抱きつくのもありなのでは？

うん。その方がフランさんも安心できるだろうし。わたしはそっと右手もフランさんの体に近づけようとし、そして……。

そのとき、書庫の扉が急にばたんと開いた。ぴかっとまばゆい光に、わたしは一瞬目を閉じてしまった。

恐る恐る目を開けると、そこには、赤髪の少年……エルくんが立っていた。

魔法でできた大きな火の球を手にしている。

「なにしてるんですか？」

不機嫌そうにエルくんに問われ、わたしとフランさんは顔を見合わせ、そして、慌てて互いの手を離す。

ちらりとフランさんを見ると、恥ずかしそうに顔を赤くしていた。

「や、やあ。エル……ちょうどいいところに。助かったよ」

「本当は俺が来ない方がいいとか思ってたんじゃないですか？」

わたしはぎくっとする。

もしあのままふたりでいられたなら……と思わなくもない。けれど、フランさんは心底ほっとしたようで、ぶんぶんと首を横に振った。

そして、大きく手を広げてにこにことした。

「まさか。エルが来てくれて、本当に助かったよ」

「本当はもっとこの女と一緒にいたかったんじゃないの？　手をつないでたし……」

エルくんがわたしを「この女」呼ばわりする。でも、そんなに悪い気はしない。

なぜなら、エルくんがそんなことを言うのは、フランさんを取られちゃうかもしれないと思って、わたしに対抗心を燃やしているからだ。

ちょっとした優越感も味わえるし……それに、頬を膨らませるエルくんもちょっとかわいい。

フランさんは微笑んでエルくんの頭をなでる。エルくんが顔を上げて、不満そうにフランさんを睨み返した。

「そういうふうにごまかそうったって、そうはいかないですからね？」

「ごまかすってなんのこと？」

フランさんは笑顔でさらっと言う。エルくんは顔を赤くしてうつむいていた。

……ふたりきりでフランさんと手をつないでいたという、さっきまでの優越感は消えてしまった。

フランさんとエルくん、仲がいいんだなあ……。

うらやましいという感情と、もやもやした気持ちがごちゃまぜになる。

この思いを解決するには……。

「……フランさん、わたしの頭もなでてください！」

「……へ？」

「エルくんだけ……そういうふうにしてもらえるのは不公平です」

フランさんはびっくりしたように目を瞬《まただ》かせた。

「いや……でも……アルテさんは……一人前の女性だし。子ども扱いするのも失礼かなと思ってね」

「わたしは大人です。でも、頭をなでてほしいんです。ダメですか？」

「いや、ダメなわけではないけれど……。女性の頭をなでるのは、慣れてないし、ちょっと恥ずかしいな」

俺の頭はいつでもなで回しているくせにと小声でエルくんがつぶやく。ふたりは仲がいいんだなあと思ってますます嫉妬《しっと》してしまう。

うろたえているフランさんを、わたしは追撃する。

「さっき手を握っていたお返しってことではダメですか？」

「たしかに僕はアルテさんに手を握ってもらっていたけれど……」

「あの……だから……今度はフランさんがわたしの頭をなでてくれるといいなって」

フランさんは口をパクパクさせ、そして黙ってうなずいた。そして、顔を赤くして、そっとわたしの頭に手をのせる。

フランさんの手は大きくて、そして、やっぱりとても温かかった。手をつないだときとは、別の形で、フランさんの手の感触を感じることができる。

フランさんはわたしを優しげな目で見下ろして、そして、わたしの銀髪を手でくしゃくしゃっとしてくれた。

それから、ゆっくりと手を離す。

「あ……ありがとうございました」

「いや……お礼を言われるようなことはなにもしていないよ」

フランさんはふるふると首を横に振った。

一方、エルくんは「むむむ」と言うように、わたしたちを睨んだ。

「エルくん、やきもち焼いてるんだ？」

わたしがからかってみると、エルくんは顔を真っ赤にした。

「そ、そんなことない……。それに、俺はフラン様と一年前から一緒にいるんだ！」

一年というとたいして長くないと思う。

何年か経《た》てば、ほとんど差はなくなるはずだ。

とはいえ、わたしが何年も先もフランさんのそばにいられるかは……わからないけど。

……っと。そうだった。

ここにはお仕事のために来たんだった。

「まあ、ともかく、エル。あの本、どこだったっけ？」

「……『あの』とか、『それ』とか、具体的に物の名前を言えなくなるのは、老化の始まりらしいですよ」

「それは困ったな。僕はまだ二十三歳なんだけれど。この分だと来年には立派なおじいさんになっていそうだ」

フランさんは笑ってエルくんの毒舌を聞き流す。

どうやら、フランさんはエルくんにも後から書庫に来るように頼んでいたみたいだった。エルくんはフランさんのお仕事の手伝いをすることもあるそうで、とくに本や研究器具の管理を任されているらしい。

フランさんがエルくんに書名を伝えると、エルくんは、部屋の中を見回した。そして、すぐにその中のひとつの棚にてててっと駆け寄った。

視線の先を追うと、本棚の真ん中よりでちょっと上の段に、ひときわ目立つ分厚い本があった。その背表紙には、『伝統的黒竜の生態と脅威』と、古めかしい銀文字で大きく書かれている。フランさんが探している本だ。さすがエルくん。

……と思っていたら。エルくんは本棚に手を伸ばすけど、目あての本があるところには微妙に背が届かない。

うーん、うーんとつぶやきながら、必死になって本をつかもうとするエルくんの姿は……ちょっとかわいかった。

フランさんはといえば、手に取った別の本に興味をとられて、熱心にその本を読んでいる。

わたしは、エルくんよりちょっとだけ背が高い。わたしなら、きっと目的の本にも手が届く。

……仕方がない。手伝ってあげよう！

お姉さんらしく恩を売れば、エルくんもちょっとはわたしに友好的になってくれるかも。いや、まあ、同い年なんだけど。

わたしはエルくんに近づき、ひょいと手を伸ばして、分厚い本を手に取った。予想よりも重たい。

ちらっとエルくんを見ると、ショックを受けたような顔をしている。

わたしはにやっと笑って、エルくんにその本を手渡す。

「はい、どうぞ」

勝ち誇ってエルくんに本を渡すと、彼は頬を赤くしてわたしを睨む。

「……べつに俺ひとりでも本を取ってくることはできたのに」

「そんなわけないでしょう。エルくんはわたしよりも背が低いんだし」

うっかりわたしは口をすべらせる。

……あっ。背が低いって言うと……同い年だから気にするかな？　案の定、エルくんはますます顔を赤くして、わたしを指差した。

「ちょ、ちょっと俺より背が高いからっていい気になるなよ！」

「いや、いい気になんてなってはいないけれど……」

あれ？　エルくんからの好感度を上げるはずが……全然上がっていないような？

いつのまにかフランさんがわたしたちのそばへと来ていて、エルくんの肩をぽんぽんと叩く。

「エル、そこはお礼を言うところじゃないかな」

エルくんは、わたしに向かって不機嫌そうに、渋々といった表情を浮かべる。

「ありがとう……」

ぼそっと言うエルくんは、わたしに対する敵意を隠していなかった。

うーん、仲よくなるのは……大変だ。

「ともかく、目的の本は見つかったね。さて、アルテさん、エル、一緒にこれを読もうか」

「なにか……大事なことが書かれているんですか？」

わたしの質問に、フランさんがきょとんとして、目を丸くした。

……なんだろう？

変なことを言っただろうか？

フランさんはぽんと手を打った。そして、ぽりぽりと金色の髪をかく。

「ごめん。言い忘れていたよ。明後日《あさって》、アルテさんには、一緒に黒竜の調査をしてほしいんだ」

書庫での出来事から二日後、フランさん、エルくん、そしてわたしとキュピーはトゥル村から北の丘陵地帯パッツ郡を訪れていた。

トゥル村からは外れた場所にあるから、フランさんの領地というわけじゃない。多くの自作農、つまり自分で小規模な土地を持っている人たちが集まっている地域のようだった。

トゥル村と変わらず、穏やかな雪景色が広がっている。

ただ、ひとつだけ問題があるとすれば、それは黒竜の存在だった。

丘陵地帯のさらに向こう、パッツ郡北のクロス山に魔獣である竜が住んでいる。竜は最も恐ろしい魔獣として知られているけど、それほど積極的に人間を襲ったりはしない。人里に姿を現すことも滅多にないという。

ただ、最近……このパッツ郡にその竜が姿を現すようになったらしい。

今のところ、人を襲ったりもしていないし、家が壊されたりということもない。けれど、住民は不安だと思う。

自分よりも何倍も大きい竜が、ときどき村に現れるなんて……。

「というわけで、王立アカデミー魔獣分科会のメンバーである僕のもとに、話がきたわけなんだ。竜をなんとかしてほしい、とね」

フランさんは得意げに胸を張る。

王立アカデミーは権威のある学者たちの集まりだ。フランさんもその一員ということは、すでに学者としてもそれなりに認められているということになる。

冒険者としてだけじゃなくて、博物学者としても立派な人なんだなと思う。

ちょっと子どもっぽくて、魔獣が好きすぎるという問題はあるけれど……とっても優しい人でもある。

フランさんは厚手のシャツとズボンという灰色の軽装だ。それに、黒のインバネスコートをまとっている。ニットの帽子や手袋、それに赤いマフラーもばっちりつけている。

わたしとエルくんも同じように、動きやすさと防寒機能を兼ね備えた服を着ている。帽子、マフラー、耳あても。

フランさんが用意してくれたのだ。

「どう？　寒くない？」

森の中を歩きながら、フランさんがわたしに尋ねる。フランさんの大きな足跡が、白い雪原に残っていく。

わたしは首を横に振った。

「とっても温かいです。それに……フランさんが用意してくれたというだけでうれしくなっちゃいます」

わたしが微笑んでそう言うと、フランさんは顔を赤くして「それは……よかったよ」と言った。わたしの言葉に照れてくれているんだ。

「ええと、もう一枚、マフラーいる？」

フランさんが慌てて自分のマフラーを首から外し、わたしの首にかけてくれようとした。

その行動自体がうれしいし、そのまま受け取ってしまおうかとも思ったけど、二枚つけても温かくなるわけではないかも。

それに。

「そのマフラーがなかったら、今度はフランさんが寒くなってしまうじゃないですか」

「いや、僕は寒いのは比較的平気だし……」

「それはわたしもです」

わたしがくすっと笑って言うと、王都のスラムにいたときのことを思い出したのか、フランさんは「たしかに」とうなずいた。

寒いのはいいとして、うしろからのエルくんの視線が痛い。やっぱり、やきもちを焼いているのかな。

パッツ郡の森の中。少し小高くなっている場所をわたしたちは歩いていく。キュピーはわたしの肩の上だ。

険しい山道というほどではないけれど、ちょっとした崖みたいなのもあって少し怖い。

「この先の奥の集落付近の谷に竜がいるらしいんだ。その竜を調査して、山へと帰ってもらう。それが今回の目標だね」

「……でも、竜って怖い生き物なんですよね？　そんなにうまくいくかどうか……」

わたしの言葉の直後、エルくんがぴくっと、赤い目を大きく見開き、怯えるように震える。

……？　どうしたんだろう？　怖いんだろうか？

フランさんは気遣うようにエルくんをちらりと、しかし優しげな視線で見て、そして、わたしに向かって言う。

「竜は賢い魔獣だよ。人を襲ったりしないのも、人との共存が生きていくために必要だとわかっているからだ」

「でも、そうだとしたら、どうしてその竜は村に現れたりしたんでしょう？」

「いい質問だね。魔獣は魔力を糧にして生きている。だから、魔力が空気の中にたっぷり含まれているようなところに魔獣は住んでいる。だけどね。その魔力の含有量が変化して、今まで通りに魔力を補充できなくなった場合……」

「別の場所に移動して魔力を補給するということですか？」

「その通り！」

フランさんはぽんとわたしの頭に手を置く。魔獣の話よりもわたしはそっちの方に気を取られた。

髪をなでたりしてくれないかなとちょっと期待する。

けれど、フランさんは手を放すと、また魔獣の話を続けた。ちょっとがっかりする。

「魔獣は魔力を求めて移動する。そして、魔獣のエネルギー源となる魔力は、空気の中だけに存在しているわけじゃない」

「人間も……魔力を持っていますものね」

「だから、凶暴な魔獣は人間を襲う。王都に現れたチャペル・ベアのように、ね。これが、今のところ、僕を含む王立アカデミーの多くの研究者が考える魔獣の行動原理だ」

そうだとすると、その竜も人間を……わたしたちを襲ったりする理由はあるわけで、竜が人間を襲わないと言いきれるんだろうか？

わたしがそんなことを口にすると――。

「竜は人を襲ったりしない！」

エルくんが急に大声を出した。

びっくりして、わたしがエルくんをまじまじと見つめると、エルくんは恥ずかしそうに目をそらした。

なんだか……今日はエルくんの様子が変だ。フランさんによれば、今回の調査ではエルくんが欠かせないらしいけれど……。

フランさんがゆっくりと言う。

「竜は人を基本的には襲わない。ただ、こんな人里に現れた以上、魔力が枯渇して追いつめられているのだろうし、どうなるかはわからないね。ただ、少なくとも、エルは襲われないだろうけれど」

どうしてエルくんが襲われないのか、フランさんは言わなかった。

ただ、魔力の安定した地域に竜を誘導するしかないと続けた。

わたしたちはいよいよ森の中の深い谷のような部分にさしかかる。情報を総合すると、竜は山からこのあたりに移動していて、そして、ときどき村に顔を出すのだという。

急に、辺りの空気が変わる。かすかに地響きのような音が聞こえてきた。

わたしたちは顔を見合わせ、急いで足を進めた。

そして、谷の下を覗《のぞ》き込む。

そこには……たしかに竜がいた。

ライオンや象何頭分もありそうなぐらい大きくて……そして、とても威厳のある魔獣だった。

黒い毛皮に覆われていて、谷の底に、その巨体を横たえている。同じ魔獣のキュピーも圧倒されているようで、鳴き声も上げずに見入っている。

「すごい……あれが黒竜か。やはりすごい魔力量だ」

フランさんはだいぶ興奮した様子だった。

「それにあの毛皮……さぞかしやわらかいんだろうなあ」

フランさんは続けてつぶやく。

気にするところはもっと別にあるような気もするけれど……。

「竜を見るのは、フランさんも初めてなんですか？」

わたしの質問に、フランさんはこちらを振り向いて、そして戸惑ったように目を瞬かせた。

なにか変なことを聞いたかな？

「……初めてではないね。うん。なぜなら……」

フランさんはぽつりとつぶやく。

なにかフランさんの言葉には重たい雰囲気があった。聞いちゃいけないことだったろうか？

そのとき、背後から甲高い咆哮《ほうこう》が聞こえた。

……竜以外の生き物がいる⁉

振り返ると、すさまじい速さで白い生き物がわたしたちをめがけて飛んでくる。

鳥みたいなものだろうか？　すごく鋭いくちばしがあって……。

「……エル、危ない！」

鳥はエルくんを襲おうとしていたようだ。それを、とっさにフランさんがエルくんを突き飛ばすことでかばったみたいだった。

けれど、そのはずみにフランさんはバランスを崩して……。

「わ、わぁっ……！」

フランさんは足を踏み外して、谷の中へと真っすぐ落ちていってしまった。

「フランさん！」

わたしは慌ててフランさんの姿を追おうとするが、背後からエルくんの悲鳴が聞こえた。

エルくんは……その胸を、鳥の鋭いくちばしで貫かれていた。真っ赤な鮮血が流れている。

「エルくん！」

鳥の横には、『ホワイトキーウィ』という文字が光って浮かび上がっている。

魔獣だ。

うかつだった。竜が魔力を求めてやって来るようなところだったら、ほかの魔獣もいて当然だ。たぶんフランさんは警戒してたと思うけど、黒竜の存在に興奮して隙を見せてしまったんだと思う。

フランさんを助けるにも、まずはこの魔獣をなんとかしないといけない。

「キュピー、わたしに力を貸して！」

「きゅぴっ！」

キュピーはわたしのお願いに応え、そして、ホワイトキーウィへと襲いかかった。

キュピーの鋭い歯がホワイトキーウィをとらえる。ホワイトキーウィはその毛皮を逆立てて、反撃に出ようとしたが、やがてぐったりと倒れた。

キュピーが勝ったんだ。

……わたしはほっとして、キュピーはうれしそうにわたしの腕の中に飛び込んでくる。

「ありがとう、キュピー」

「きゅっ」

かわいらしく鳴くキュピーを抱いたまま、わたしはエルくんのもとに駆け寄る。

エルくんは息も絶え絶えという様子で、ぐったりとしていた。でも、まだ生きている！

「エルくん、しっかり！」

わたしがエルくんの顔を覗き込むと、エルくんは弱々しく、真紅の瞳でわたしを見つめた。

エルくんはなにかしゃべろうとしたみたいだったけれど、ごほっという音とともに血を吐き出す。

……このままじゃ、エルくんが死んじゃうかも。

わたしは泣きそうになった。キュピーも心配そうに、きゅっと鳴く。

そのとき、エルくんの体が不思議な光で赤く輝き始めた。

そして、その燃えるような赤い髪が透明に透けていく。

……ど、どうなっているんだろう？

「ごめん。俺に治癒《ヒール》を使ってほしい」

エルくんが弱々しく言う。

「で、でも、わたしが使えるのは、魔獣を癒やすだけの力で……」

「それでいいから」

本当に、魔獣用の治癒《ヒール》が効くんだろうか？

あれはテイムの付属スキルみたいなものだし……。

でも、ともかく、わたしは使ってみた。手をかざすと、ぼわっと白い光が発生する。治癒《ヒール》発動だ。

そして、驚いたことに、すぐに効果は現れ始めた。エルくんの胸の傷が……癒やされていく。

もう血もすっかり止まって、エルくんはむくりと起き上がった。顔にも生気が戻っている。

けれど、体も髪も赤く光ったままで、しかも歯が……奇妙に鋭くなっていた。

「これは……どういうこと？」

エルくんは無言だった。そして、わたしはエルくんの横に、驚くべきものを見つけた。

思わず、あっと声をあげてしまう。

エルくんのそばには……「エンシャント・スカーレットドラゴン」という文字がはっきりと浮かんでいた。

「エルくんが……魔獣の……竜？」

「そう。もう、隠しても無駄みたいだ。俺は人間じゃない。竜なんだ。魔力を使って、人間の姿をしているだけで……」

「フランさんはこのこと……」

「知っているよ。知っていて、あの人は俺を受け入れてくれた。……ずっとひとりぼっちで竜として生きていた俺のことを、助けてくれたんだ。なのに、俺のせいであの人は……」

エルくんは自分を責めるように、うつむいた。

エルくんが竜というのには驚いたけれど、考えてみれば、竜は人間以上に知能の高い生物だ。キュピーたちと違って、わたしたちと会話できてもおかしくない。

わたしは人間で、エルくんは魔獣だ。けれど、わたしもエルくんも、ひとりぼっちだったところを、フランさんに救われたのだ。

「わたしもエルくんも……フランさんを大事に思う気持ちは一緒なんだね」

「……うん」

「エルくん。フランさんを助けよう」

「でも、あの谷底に落ちたら……」

「滑落しただけなら、たぶん、無事だと思う」

谷はそれほど深くなかった。フランさんほどの人なら、それだけで死んじゃうとも思えない。

ただ……落ちた先に黒竜がいるのが、心配だった。

いくら人間を襲わないといっても……。

「竜は人を襲わないよ。俺が竜だからそれは知ってる。でも……わざと襲わなくても、たまたま黒竜が身をよじったら、フラン様を下敷きにしちゃったりとか……あったらどうしよう？」

エルくんはやっぱり不安そうに言う。

ともかく、なんとかして、谷の底に下りないといけない。

「でも、安全に下りる方法を見つけないと……」

フランさんを助けに行って、わたしたちまで巻き込まれ事故にあったら話にならない。

でも、わたしは小さな子どもだし、エルくんだって、今の姿は小さな子どもで……。

……！　そうだ！

「エルくん。竜の姿に戻ることはできない？」

「え？」

「竜って空を飛ぶこともできるんでしょう？」

「まあ、一応……」

「なら、竜になって飛んでフランさんを助けに行けばいいと思うの」

エルくんがぱっと顔を輝かせて「なるほど」とうなずいたけれど、すぐにその表情が曇る。

「――でも、今の俺の状態じゃ、魔力不足だ。さっきの傷もあるし……」

情けなさそうに、エルくんが言う。

なにか、なにか手があるはずだ。フランさんを助ける方法。

……魔力不足？　それなら補う方法があると思う。

「ねえ、エルくん。わたしのこと、嫌い？」

「こ、こんなときに、どうしてそんなことを聞くの？」

「あのね、落ち着いて聞いてほしいんだけれど……わたしがエルくんをテイムすれば、もとの姿に戻れるんじゃないかと思うの」

エルくんは目を大きく見開いた。

テイムには、魔獣を従わせるだけじゃなくて、強化する力もある。キュピーがそのことを証明してくれている。

魔獣の強化ということは、つまり魔力の増大が行われているはずだ。

なら……わたしがエルくんをテイムすれば、きっと魔力を充実させて、もとの姿に戻すこともできるはず。

ただ……問題は、エルくんが、わたしにテイムされるなんて、受け入れられるかどうかだ。

エルくんは、フランさんを巡って対抗心を燃やし、わたしに敵意を持っているに違いない。

そうでなくとも、出会って間もない相手に、しかも同い年の子どもに使い魔として従うことを強制されるなんて、嫌だと思う。

それでも、今、フランさんを救うにはほかに手がなかった。

「お願い、エルくん。エルくんがわたしのことを嫌っているのは知ってるの。一度テイムしたら……たぶんもとには戻せない。でも、フランさんを助けるなら、エルくんをテイムするしかないの」

エルくんは、一瞬、迷った様子だった。

でも、次の瞬間には、その整った顔に、きっぱりとした決意の表情を浮かべた。

「いいよ。俺をテイムしてくれて。フラン様を……あの人を救えるなら、俺はなんでもする」

「あ、ありがとう！」

「……それに、べつに俺は、おまえのことそんなに嫌いじゃないし」

「え？」

「フラン様のために必死なところも、一生懸命がんばっているところも、悪くないって思ってるんだ」

エルくんは小声でつぶやいた。わたしはぱっと顔を輝かせ、思わずエルくんの手を握る。

「うれしい！　わたし、エルくんにずっと嫌われていると思ってたから……」

「き、嫌いじゃないけど、放せよ、その手！　……恥ずかしいから」

「ううん。放さないよ。だって、このまま……君をテイムするから」

エルくんはびくっと体を震わせ、そして、おとなしくなった。

わたしはそっとエルくんの小さな手を握り、力を込める。

「テイム！」

すると、その瞬間、エルくんは白い光にぼわっと包まれた。

つないだエルくんの手に、赤い刻印が刻まれた。丸がふたつ重なった、やわらかい印象の模様だ。わたしの右手の甲にも、まったく同じ模様が浮かぶ。

これで……エルくんはわたしにテイムされた。

エルくんは頬を赤く染め、そして、わたしを見つめた。

「俺が竜になっても、怖がらない？」

「怖がるわけないよ。だって、わたしはテイマーだもの。ね？」

エルくんはうなずくと、ますます強い光で、その体を発光させた。あまりのまぶしさにわたしは一瞬、目をつぶる。

そして、目を開けると……そこには、赤く輝く立派な竜がいた。大きな真紅の瞳は……いつものエルくんの目とそっくりだった。

「わあ……これが……エルくん？」

『そうだよ。恥ずかしいけど』

耳にはなんの音も聞こえないのに、エルくんの声が、直接わたしの心の中に響く。そっか……こういうふうに意思を伝えるんだ。

「ううん。すごくカッコいいよ」

キュピーも同意するようにきゅぴっと鳴く。

わたしがエルくんの体の表面に触れると、エルくんは恥ずかしそうに身をよじった。その赤い毛皮はとってもやわらかくて、気持ちよかった。

エルくんによれば、この竜の状態では普通に人間と話すことは難しいらしい。わたしがエルくんと会話できているのは、テイムの力のおかげのようだった。

「さあ、フランさんを助けに行こっか」

わたしの言葉に、エルくんはこくりとうなずいた。

わたしはエルくんに背中に乗るように言われて、素直にそれに従った。

竜の背中に乗れるなんて、まるでおとぎ話みたいだ。

『しっかりつかまってて、アルテ！』

「うん！」

ふわっとエルくんの体が浮く。

そして、そのまま谷底へと、飛んでいく。

フランさんは真っすぐ落ちていったから、すぐに居場所が見つかると信じたいけれど……。白い雪景色をわたしは見回した。黒竜は目前で、ただ、眠りについているのか、微動だにしていなかった。

しばらくして、わたしは赤いマフラーを見つけた。

「エルくん、あっち！」

『わかった』

わたしたちがそのマフラーの方へ近づくと、ちょうどそのそばの大きな木にフランさんがもたれかかっていた。

フランさんはわたしたちを見ると、元気そうに笑いかけた。

「やあ、助けに来てくれると思っていたよ。アルテさん、それに……エル」

「遅くなってすみません。怪我は……ありませんか？」

「足をくじいてしまってね。歩くのは難しそうだけど、僕もエルの背中に乗っけてもらうことにしよう」

ともかく、今回はいったん撤退だ。

フランさんが怪我をしているし。

わたしがエルくんをテイムした経緯を話すと、フランさんは感心したようにうなずいた。

「そうか、いつのまにか仲よくなったんだね」

エルくんが『仲よくなったわけじゃない』と心の声でつぶやく。でも、それはフランさんには聞こえなくて、わたしにしか届かない。もし人間の姿のエルくんだったら、頬を膨らませて、かわいらしく言っていただろうと思うと、微笑ましくなる。

「ところで僕たちを襲ったさっきの魔獣ってなんだった？　よく見られなくてね」

こんなときでも魔獣のことを気にするあたり、フランさんもいつも通りの調子だった。ホワイトキーウィだったというと、「それは図鑑にもう記録してあるから大丈夫」と安心したようにつぶやいた。

このままお屋敷へ戻って、ひとまず安心。

――のはずだった。けれど。

突然、鋭く、恐ろしい咆哮が響き渡った。

振り返ると、黒竜が目を覚まし、わたしたちをその灰色の大きな瞳で睨みつけていた。

……まずい。眠りから目覚めたみたいだ。

けれど、フランさんは落ち着いていた。

「荒ぶることなかれ、魔獣の王よ」

フランさんはつぶやくと、わたしたちを手招きした。

「エルに来てもらったのは、このときのためだ。黒竜に魔力が豊富なエリアを教え、そっちに移動してもらう。同族の赤竜《せきりゅう》であるエルなら、意思疎通ができるし、お願い事も聞いてくれやすいはずだからね」

エルはこくっと、うなずいた。

フランさんは愛おしそうに、エルくんの毛皮をなでた。

「頼むよ、エル」

エルは黒竜を前にして、経緯とお願いを話した。竜同士は心に直接響く声で会話するらしい。わたしもその会話を聞くことができた。やっぱり、竜は魔獣の中でも特別な存在で、テイマーの力で会話もできるみたいだった。

しかし、黒竜はエルくんの話を遮った。

『赤竜よ、なにゆえその人の子に使役されておる？』

びくっとエルくんが震えた。黒竜には……わたしが……エルくんをテイムしていることがわかるんだ。

『よもや私も罠にかけてテイムしようというのではないかね？』

疑わしそうに、黒竜が言う。エルくんの『どうしよう……？』という困惑の感情が伝わってくる。

困った……。

このままだと、黒竜に信用してもらえないどころか、敵と見なされてしまう。ひとりだけ、会話が聞こえないフランさんは不思議そうにわたしたちを眺めている。エルくんはといえば、完全に冷静さを失っていた。

わたしも……エルくんと会話できたように、黒竜と会話できるはずだ。

わたしは一歩前に進み出る。

『わたしが……エルくんをテイムしたテイマーのアルテです』

『ふむ……なにか言いたいことがあるのかね？』

『はい』

それから、わたしはエルくんをテイムすることになった経緯を説明した。

わたしたち三人が同じ屋敷に住んでいること、魔獣に襲われたこと、フランさんが谷に落ちたこと、それを助けるためにエルくんをもとの姿に戻そうとしたこと、そのためにエルくんをテイムしたこと。

わたしは、足が震えるのを感じながら、黒竜にゆっくりと話した。

『わたしとエルくんは、たしかにテイマーとテイムされた魔獣です。でも、ふたりとも、フランさんのことを大事に思う仲間なんです』

黒竜は穏やかに、わたしを見つめた。

わたしが最初にお願いした提案を、黒竜は考えてくれているらしい。緊張しながら、わたしは黒竜の返事を待つ。

黒竜はその大きな口から、ふうぅっとため息をつくような息を吐いた。黒竜にとってはため息でも、わたしたちにとっては突風で、思わず倒れかけて、そこをフランさんに抱きとめられる。

「大丈夫、アルテさん？」

「は、はい」

背後からフランさんに抱きしめられる形になり、わたしはどきどきしてしまう。

——じゃなかった！　それより黒竜の返事は……。

『よかろう。汝《なんじ》らからは邪悪な気配を感じない。提案に乗ることにしよう』

……やった！　わたしとエルくんは顔を見合わせた。エルくんからも喜んでいる感情が伝わってくる。

フランさんはわたしたちと黒竜を見比べ、首をかしげる。

「どうやらうまくいったみたいだけど、僕だけ仲間外れみたいで残念だ。なにがあったか教えてほしいな」

「もちろんです。お屋敷に戻ったら、すべてお話しします」

わたしがくすっと笑って言うと、フランさんはわたしに微笑み返してくれた。

これですべて解決。

そう思ったら、最後に黒竜がわたしとエルくんに話しかけた。

『そういえば、クロス山に妙な人間たちがいた。なにか知っているかね？』

クロス山は、滅多に人が立ち入るような場所じゃない。そんなところに、誰がなんの用があるんだろう?

わたしは首をかしげた。

『いえ……わたしはなにも知りません』

『そうか。魔術師のようだったから知り合いかと思ったのだが。仰々しいローブを着た人間たちだった。私の知識では、〝宮廷魔術師〟と呼ばれる者たちのようだったが』

わたしは驚きのあまり、言葉を失った。

第四章　幼なじみは宮廷魔術師！

宮廷から追放されて、王都のスラムをさまよって、魔獣に襲われて。

フランさんに拾ってもらった後も、洞窟での魔獣調査や、黒竜との事件があったり。

フランさんのお屋敷で暮らすようになってから、一週間が経った。楽しいこともうれしいことも多かったけれど——疲れなかったといえば、嘘になる。黒竜が言っていた、クロス山に現れた宮廷魔術師たちのことも気になる。

フランさんに言うと、珍しく深刻そうな顔で考え込んでいた。やはりなにかあるのかもしれない。

だけど、フランさんはしばらくしてから微笑んだ。そして、わたしにお休みをくれた。

「ちょっとがんばりすぎてもらったからね」

そう言って、フランさんは笑っていたけれど……フランさんのお役に立てるなら、わたしはいつでも喜んで手伝うのに。

いつもフランさんはわたしに優しいし。

でも、せっかく休んでいいというのだから、お言葉に甘えることにしよう。

お休みの日の朝。わたしはいつも通りの時間に目を覚ました。もともとわたしはすぱっと起きられるタイプじゃなくて、よく二度寝してしまうのだけれど。宮廷では、朝から魔術師になるための厳しい訓練もあったし、起きるのが憂鬱《ゆううつ》だった。

でも、今は目を覚ますのが楽しみだ。だって、フランさんがおいしい朝ご飯を用意してくれるから。

わたしはテミィさんにもらった服――かわいすぎるデザインのような気がするけど、もうあきらめた――を着て、食堂へと向かう。

もう、みんな揃っていた。

「遅くなってすみません」

「おはようございます。アルテ様」

テミィさんがにっこりと微笑んでわたしを出迎える。今でも「様」付けには慣れないな。

ともかく、わたしはテミィさんに挨拶を返すと、フランさんとエルくんのあいだの席が空いていたので、そこに座った。

「エルくん……調子に変わりはない？」

「まあ、一応ね」

わたしのささやきに、エルくんはなぜか頬を赤く染めて、うなずいた。

ともかく、わたしもエルくんもフランさんも、みんな無事でよかったなと思う。

今日の朝食はシンプルで、タルティーヌだった。バゲットにジャムと発酵バターを塗ったものだ。

でも、バゲットはとてももちもちしていて、さすが貴族屋敷だなと思う。薄くスライスすると、気泡がたくさん入っている。高級品の証拠だ。

ジャムは村でとれたあんずを砂糖で煮詰めたもので、オレンジ色の果実感があふれるものだった。それだけでもおいしいと思うけど、さらに発酵バターを重ねてバゲットに塗る。

なんて贅沢！

この発酵バターも、普通のバターと違って、とろけるような食感だった。あまり使ったらもったいないかもと思いながら、わたしが恐る恐るジャムと発酵バターを塗っていると、フランさんが笑った。

「いくらでもあるから、たっぷりと使っていいんだよ？」

「は、はい」

もともとが孤児のわたしは、自分でも貧乏性だと思う。宮廷魔術師見習い時代も、それほど裕福な生活を送っていたわけじゃないし。

わたしは隣のエルくんの様子を見ながら、ふたつ目のバゲットの切れ端にジャムとバターを塗っていく。おいしくて、いくらでも食べれちゃいそうだ。ぱくぱくと食べて、お腹いっぱいになってくる。

テミィさんが珈琲《コーヒー》を淹《い》れて、持ってきてくれた。グレイ王国は貿易も盛んで、ほかの大陸からもいろいろな食品が輸入されてくるけれど、とくに今世紀に入ってから、珈琲の生産量は増えている。

宮廷魔術師見習いのときに習ったことだ。エリートたる魔術師として、魔術以外のこともたくさん勉強しなければならなかったから。

ただ……実際にわたしはあまり珈琲を飲んだことはなかった。だって……苦いし……。

フランさんがくすっと笑って、「テミィ。悪いけど、アルテさんとエルはブラックのままだと飲めないと思うから、ミルクを用意してあげてくれる？」と言う。

テミィさんは「かしこまりました」と笑顔でうなずく。ところが、エルくんがそんなふたりに不服そうに言う。

「子ども扱いしないでください。俺は苦いものも平気です」

エルくんは頬を膨らませていた。その様子が……なんとも子どもっぽい。エルくんの正体は赤竜なのだけれど、年齢は見た目通り十二歳らしい。

竜として孤独に生きてきた彼は、一年前にフランさんに引き取られたという。

ともかく、たしかに苦いものがダメというのはちょっと子どもっぽいかも。わたしもいつもフランさんに子ども扱いしないでくださいと言っているし、エルくんに対抗してみることにしよう。

「わたしも……苦いもの、ぜんぜん平気です」

フランさんはわたしとエルくんを、微笑ましいものを見るような目で見た。

「アルテさんもエルも、やせ我慢はしなくていいんだよ。ブラックのコーヒーを飲めたら大人になれるわけじゃない」

「どうして飲めないって決めつけるんですか？」

エルくんが言う。フランさんは笑ったまま、「じゃあ、そのまま飲んでみる？」と言う。すると、間髪をいれずテミィさんが二杯の珈琲の入ったマグカップを差し出した。テミィさんの目にもおもしろがるような色が浮かんでいる。

わたしとエルくんは同時に珈琲に口をつけ……。

「「苦いー」」

そろって、苦いと言葉にしてしまい、フランさんとテミィさんにくすくすと笑われて、赤面する羽目になった。珍しく、執事のトマスさんまで、かすかに微笑んでいる。

「テミィさん。私にもミルクをくださいますかな？」

「あら、ブラック派のトマスさんが珍しいですね」

「いや、若いおふたりの姿を見ていて、たまにはいいかと思いましてな」

トマスさんの微笑に、テミィさんはちょっと顔を赤くした。いつも笑顔のテミィさんには、珍しい表情だ。あまり注意していなかったけれど……このふたり……実はなにかあるのかもしれない。

テミィさんは、わたしとエルくん、そしてトマスさんに、新鮮なミルクを小瓶に入れて用意してくれた。

それを珈琲に足して飲むと……とてもおいしかった。やっぱり、ちょっと苦いけれど甘さたっぷりのタルティーヌを食べながら飲むとちょうどいい。

……やっぱり、無理はするものじゃないなと思う。

フランさんがぽんと手を打った。

なにかを思い出したらしい。

「そうそう、王立アカデミーには、アルテさんを僕の助手とする許可を得ておいたよ。これで、君は立派な研究者だ」

「あ、ありがとうございます！」

魔獣の研究について、知識や情熱があるわけじゃないけれど、でも、わたしも権威ある王立アカデミーの末席に連なるわけだ。

宮廷魔術師にはなれなかったけれど……これはこれで悪くない。

「それじゃ、僕は朝食もしっかり取ったし、仕事に取りかかることにするよ。アルテさんとエルはどこかで一緒に遊んでおいで」

やっぱり子ども扱いしてるというわたしとエルくんの抗議をフランさんは笑って受け流す。

そして、ひらひらと手を振って、食堂から出ていった。

わたしとエルくんは顔を見合わせた。

一緒に遊べ……と言われてもという感じだ。昨日まで、わたしたちは疎遠な仲だった。けれど、今ではわたしがテイマーとして、エルくんを使役する立場になっている。

「おふたりとも、仲よくなったんですね」

テミィさんに言われ、わたしとエルくんはぶんぶんと首を横に振る。仲よくなったというわけでは……ない気がする。

「でも、私にはおふたりのあいだの雰囲気が少し違うように見えますよ」

「そうですか？」

「はい。まるでラブ・ロマンスでも始まるような雰囲気に見えます」

「いや、それは言いすぎでは……」

わたしが言うと、テミィさんは「そうですね」とあっさりと認めて笑い、エルくんはなぜか顔を赤くした。

「さあさあ。ともかく、遊びに行ってきてくださいな。フラン様もああおっしゃっていることですし……もっと仲を深めましょう！　同じ屋敷の仲間なんですから」

背中をぐいぐい押すような勢いで、テミィさんはわたしとエルくんを食堂から追い出してしまった。

振り返ると、テミィさんがなにか熱心にトマスさんに話しかけている姿が見える。実は……テミィさんって……トマスさんのことが好きだったりして。

これはいいことを発見した。いつもテミィさんにはからかわれてばかりだから、今度はわたしが仕返しをする番だ。心の中で、テミィさんを冷やかす計画を練りながら、わたしとエルくんはふたりで廊下を歩いていく。

屋敷の廊下はがらんとしていて、誰もいない。この屋敷には、主人ひとり、使用人が三人しかいないのだから当然だ。

フランさんは立派な人だけれど……唯一、研究のためにお金を使いすぎて、必ずしも財政に余裕があるとは言えないらしい。

領地の村に高い地代をかければ、改善できるのかもしれないけれど……フランさんはそんなことをしない。このトゥル村は、近隣でも農民の地代が最も安い場所だった。

だから、フランさんは多くの使用人を雇うことはできないし、執事のトマスさん以下の数少ない使用人ががんばって働かないといけない。そんな中でも、トマスさんたちはフランさんのことを敬愛しているようだった。それは視線や表情を見ただけでも察することができる。

フランさんのことが好きなのは、もちろんエルくんも同じだ。エルくんはなにも言わず、わたしの後をついてきた。

わたしは振り返って、エルくんを見つめる。

「どうする……エルくん？」

「どうするって……なにもすることなんてないさ」

「なら、どうしてわたしの後をついてくるの？」

「べつに。嫌なら、俺は部屋に戻る」

エルくんが背中を向けたので、わたしは慌ててエルくんの手をつかむ。

「ま、待って。そういう意味で言ったんじゃないの！」

エルくんはわたしを振り返ると、どぎまぎした様子で、頬を再び赤くしていた。

あっ……。

弾みとはいえ、エルくんと手をつないでいる……。

テイムしたときもエルくんと手をつないだけど、あのときは必要に迫られてのことだった。

でも、今はそうじゃない。

エルくんの小さな手は、やわらかくてすべすべで、フランさんの手とは種類の違う気持ちよさがあった。

「えっと、庭を散歩でも……する？」

わたしの言葉に、エルくんはうなずいた。

フランさんが期待したような、子どもらしい遊びではまったくないけれど。まだ、わたしたちはそんなに仲がよくないし。なんとなく、フランさんやテミィさんが手入れしているという家庭菜園を見て回ることにする。

家庭菜園がけっこう本格的にこの屋敷で行われている理由は三つ。

第一に、フランさんは博物学者として植物にも興味があるから。第二に、トゥル村の農作物の改良など、領主としての務めを果たすためにも必要だかららしい。第三に……おいしいご飯を食べたいから、だそうだ。

ちなみに、野菜はトゥル村の領民たちが持ってきてくれることも多く、そういうおすそ分けされた野菜はかなり高品質だ。フランさんはトゥル村に最低限の税しかかけていないし、領民の生活には細やかな配慮をしているから、領民からも慕われている。だから、税とは別に、彼らは自主的に農作物を持ってきてくれるのだ。

けれど、領民の人たちからのおすそ分けでは賄えないものもある。それは、珍しい食材や外国で栽培されている野菜だ。そういうものをこの家庭菜園では作っているらしい。

そして、菜園は今の季節は冬野菜でいっぱいだった。ひときわ目立つのが、赤くて丸い野菜だった。

「これってどういう野菜か、エルくん、知ってる?」

「冬赤葉《ラディッキオ》っていうんだって。フラン様のお気に入りの野菜なんだ。去年も食べたけど、サラダにしても、リゾットに入れても炒め物にしてもおいしかったよ」

懐かしむように、エルくんは言う。

　そっか。エルくんはわたしより一年、この屋敷にいた時間が長いものね。

「というかエルくんって人間と同じように食事を取るんだね？」

「……悪い？」

「悪いってことはないけど、不思議だなと思って」

「人間の姿になっている俺は、ほとんど人間と変わらないよ。水を飲まないと喉は渇くし、寝ないと眠い。食事を取れば、魔力の補給にもなるし……それに、フラン様の料理はおいしいと思うし」

　最後の方は小声で、恥ずかしそうにエルくんは言った。

　わたしは微笑ましくなった。

「ね、わたし、エルくんのこと、もっと知りたいな」

「お、俺のことを知りたい？」

「そう。だって、竜だったときのこととか聞いていないもの」

「べつにおもしろい話はないよ。俺の両親だった竜は、俺にいろいろと教えてくれた。竜のしきたりだけじゃなくて、人間の言葉とその社会のことも。でもある日、父親も母親もいなくなった」

　エルくんは寂しそうに言う。

「理由はわからないけど、ともかく、それから俺はひとりぼっちで生きてきた。そしてフラン様に出会った。それだけだよ」

「……ごめんなさい。話したくないことを聞いちゃったでしょう？」

「べつに。そういうアルテも……」

エルくんは言いよどんだ。

そう。わたしは孤児だ。物心がついたときには両親はいなかった。そうして宮廷魔術師のグレンヴィル様に拾われて、捨てられた。宮廷を追放されたときは、困ったけれど、今は戻りたいとも思わない。

だって、もっといい居場所をわたしは見つけたから。

わたしが自分のことを話すと、エルくんは珍しく微笑んでうなずいてくれた。……少し、仲よくなれたかも。

わたしはエルくんともう少し散歩をしようとして……そして、屋敷の門に人影があることに気づいた。

……誰だろう？

遠目から見ても、村人じゃないことはわかる。かなり背は小さい。女性……というか少女だ。ローブのようなものを着ているし……魔術師？　フードをかぶっていて顔がわからない。しかも、あの紫の地に金の刺繍が入ったローブって、宮廷魔術師のものだ！　その人は、その子は、門をくぐって、つかつかとわたしたちの方へと歩み寄る。

そして、深くかぶったフードを、ぱさりと払った。

「久しぶりね、アルテ」

黒く美しい瞳でわたしを睨むのは、宮廷魔術師見習い時代の友人、イリヤだった。


大慌てで、わたしたちはイリヤを屋敷に迎え入れた。エルくんやテミィさんは、来客をもてなす準備に向かった。

見習いを終えたイリヤは、今や最下級の青銅クラスとはいえ、立派な宮廷魔術師だ。

イリヤは貴族待遇を受けている。貴族のフランさんとも、形式的には対等に近い立場だった。

「これはこれは、どういったご用向きですか？」

フランさんは穏やかに、イリヤに尋ねる。

フランさんとイリヤは、屋敷の応接室で向かい合うような格好で座っている。わたしはフランさんの横にちょこんと腰掛けていた。応接室のシャンデリアの明かりが、イリヤの白く美しい肌を照らす。

イリヤは、わたしと同い年の少女だ。黒く艶やかな自慢の髪を長く伸ばしている。顔立ちも整っているし、かなりの美少女だ。わたしよりちょっとだけ背も高いし。

イリヤの外見でなにより目立つのは、聡明そうで意志の強そうな大きな黒い瞳だ。かつてそのイリヤの瞳は、わたしに注がれていた。わたしとイリヤは一応友人だったけれど、それ以上にライバルだった。

宮廷魔術師見習いとして、いつもわたしは首席でイリヤの上を行く成績を収めていた。イリヤもとても優秀で賢い子だったけど、常に次点で、だからわたしを目の敵《かたき》にしていた。わたしたちはお互いをライバルとして切磋琢磨《せっさたくま》していたと思う。ふたりとも宮廷魔術師になって、そんな関係がずっと続くと思っていた。

だけど……。

イリヤは大賢者と剣聖という最上級のスキルを手にした。宮廷魔術師の王道とも言える。一方のわたしは……テイムのスキルしか手に入らなかった。そして、そのテイムのスキルのせいで、宮廷魔術師のグレンヴィル様によって宮廷を追い出された。

わたしはイリヤの着ている、豪華で美しいローブを見て思う。宮廷魔術師専用のそのローブを……本当だったら、わたしも着ることができていたはずだったのに。イリヤは優雅に、出された紅茶のカップに口をつける。

そして、微笑んだ。なんだか……とっても大人びて見えた。というか、猫をかぶっているのか。イリヤは貴族の娘だし、上品と言えば上品だけど、もっと勝ち気な態度だ。普段だったら、教師にだって物怖《ものお》じしなかった。

けれど、相手が聖剣士にして英雄のフランさんということで、わざとしおらしく振る舞っているのだ。

「地方の内情視察もありますが……実のところ、私の友人のアルテに会うために、こちらに伺ったのです」

そうイリヤは言う。フランさんはぴくりと眉を上げた。

「おや、情報が早いですね。アルテさんがここにいることをもうご存じとは」

「王立アカデミーから噂を聞いたんです。ああ、フラン様、どうか私のような者に敬語を使わないでくださいまし」

フランさんはちょっと悩んだが、結局、イリヤの提案に従って敬語はやめにしたようだった。

身分という意味では形式的には対等とはいえ、やはりふたりのあいだには実績と格式の差がある。だいいち、フランさんからすれば、イリヤはかなりの年下だ。わたしも年下なのは同じだけど。

「わかった。アルテさんの友人ということなら、喜んで歓迎するよ。しばらく滞在する予定なんだよね？」

「はい。ご迷惑にならないように、村の宿を借りますが」

なんて、イリヤが言うのはポーズであって、フランさんが客室をあてがってくれることは見越しているのだろう。

実際に、フランさんはイリヤに客室を使うことを勧め、イリヤは形ばかりの遠慮をして、最後にはその提案を受け入れた。

やっぱり……猫をかぶっている。

もっともフランさんは、イリヤに対する興味は薄いようだった。イリヤは自分が優秀な新人宮廷魔術師であることをアピールしていた。けれど、フランさんは感心はしたものの、それだけだった。イリヤに強い関心を抱いたり、特別扱いしたりするつもりはないらしい。

その様子に、わたしはちょっとうれしくなる。

宮廷では、わたしより、イリヤが必要とされている。でも、今、ここでは、フランさんは、わたしの方を必要としてくれているのだ。

「それじゃ、せっかくの旧友同士の再会なんだし、僕がいて邪魔しては悪いね」

フランさんはそう言うと、席を立った。やっぱり、淡白な反応だ。

イリヤは慌てた様子で、媚びるようにフランさんを見上げる。

「邪魔だなんてとんでもございません。私はフラン様に憧れていて……」

「ありがとう。また夕食のときに、いろいろと今の宮廷の話を聞かせてくれるとうれしいよ」

フランさんはそつなく微笑んだ。でも、本当は……、魔獣の研究のことで頭がいっぱいなんじゃないかな……。

ぽんとフランさんはわたしの肩を叩き、「いい友人がいてよかったね」と笑い、そして立ち去った。

うーん、わたしとイリヤは一応、友人ではあるけれど……。

イリヤは残念そうに、フランさんがいなくなった席を見つめた。

そして、きっと私を睨む。

「どうしてあなたなんかがフラン様に気に入られているわけ？」

「テイムのスキルがあるから。それだけだよ」

わたしは肩をすくめて言う。

少なくとも、わたしにテイムのスキルがなければ、フランさんの研究には役に立たなかったわけで、フランさんのお屋敷に住むこともできなかったと思う。

一方で、テイムのスキルがあったから、わたしは宮廷魔術師になれなかった。

禍福は糾える縄の如し。とんとんということだと思う。

けれど、イリヤは納得いかないみたいだった。

「私の方がずっとフラン様のお役に立てるのに」

「いいじゃない、イリヤは宮廷魔術師になれたんだから」

わたしはそう言いながら、イリヤを二階の客室へと案内する。

ちょうどわたしの部屋の隣だ。ここから行くには廊下を歩いて、階段を上って……とそれなりに距離がある。

イリヤはおとなしく、わたしの後をついてきた。

「アルテ、さ……」

「なに？」

「ここでの生活はどう？」

「とっても楽しいよ。フランさんは優しいし、エルくんはかわいいし、執事のトマスさんやメイドのテミィさんも親切だし。こんなに幸せでいいのかなって思っちゃう」

「そっか……」

「そういうイリヤは、憧れの宮廷魔術師になってみてどう？」

「満足よ。決まってるじゃない。……でも……」

「でも？」

イリヤは立ち止まり、そして、うつむいた。イリヤのきれいな黒い瞳は、廊下の床にうつろに注がれている。

「……イリヤ？」

「決めた。私、このお屋敷に居座るわ」

「い、居座るって……」

「あなたよりも、私の方が役に立つって証明してみせるの。そうすれば、きっとフラン様は私を弟子にしてくれるもの」

弟子……。そうか。新米宮廷魔術師のイリヤを指導する師匠に、フランさんがなるというのは全然おかしな話じゃない。

フランさんは元宮廷魔術師の聖剣士だ。イリヤの師になる資格が十分ある。国としても、民間で活躍する元宮廷魔術師と、新人の宮廷魔術師が交流を持つことを奨励している。

宮廷魔術師には、魔術だけでなく総合的な力が求められる、そのひとつが人脈であり、師弟関係というのは、ある意味では最大の人脈である。

ライバルとして、ずっと一緒にいたから、イリヤの性格はよくわかる。イリヤは向上心が強く、そして意外とミーハーなところもある。元ライバルのわたしが、偉い魔術師に気に入られているというのにも対抗心を燃やしているのかもしれない。

といったところをまとめると、イリヤにとってみれば、フランさんを師匠にできるなら、願ったり叶ったりということになるのだと思う。

イリヤはかわいらしい顔に、にやりと笑いを浮かべた。

「というわけで、よろしくね、アルテ」

ああ、いつも通りのイリヤだなと思う。わたしをライバル視していたころの、不敵な表情だ。さっきまで元気がなかったような気がして、実はちょっと心配だった。

わたしはほっとして、イリヤにひらひらと手を振る。

「それじゃ、部屋は自由に使っていいってフランさんがおっしゃってたから、どうぞご自由に」

「待ってよ、アルテ。……チェスの駒と盤、ある？」

「あるけど、それが？」

チェスは貴族や宮廷魔術師にとってなじみの深いゲームのひとつだ。一種の教養として、みんなできる。チェスの腕を磨ぐのは、魔術が使えることと同じく、上流階級のたしなみなのだ。当然、フランさんもチェスができるし、かなりの腕前だとも聞いた。だから、屋敷には、象牙でできた高価なチェスの駒と盤がある。

だけど、それがどうしたんだろう？

「勝ち逃げなんて、ずるいわ。私、チェスでもあなたに負け越しているもの」

そうだった。

わたしの戦績は百十一勝九十五敗。チェスでも、わたしはイリヤより若干強かった。もっともイリヤ本人は、本当は自分の方が実力があると思っているのかもしれないけれど……。

イリヤは微笑んだ。

「さあ、勝負よ！」

……そして、結局、わたしは一日中、イリヤとの勝負に付き合わされた。チェスだけじゃなくて、トランプゲームとかバックギャモンとか……。

せ、せっかくの休日が……消えていく……。

もともと、どのゲームもわたしが少しとはいえ勝ち越していて、そして、今回の結果も同じだった。イリヤは悔しそうに、でも、少しうれしそうに、わたしを睨む。

「やっぱり、あなたは私が倒さなければならないライバルのようね！」

「べつに倒さなくてもいいと思う……」

「異論は認めませーん」

イリヤはそう言って、くすくすと笑った。わたしもつられて、くすっと笑ってしまった。

彼女は、真っすぐにわたしを見つめる。

「明日から、わたしもフラン様のお仕事を手伝うわ」


「イリヤさんが魔獣研究を手伝いたがっている？」

「……はい」

フランさんに不思議そうな表情で尋ねられ、わたしは小さくうなずいた。

イリヤがやって来た翌日。わたしとフランさんはふたりきりで、屋敷の別館の研究室にいた。

フランさんは忙しそうに、大きな本を片手になにかメモを取っていた。

その手を止めて、わたしの話に耳を傾けてくれる。

「あの子は……フランさんに憧れているんです」

「未来ある新米宮廷魔術師の憧れの対象となるとは、光栄だね」

フランさんはなにげなくそう言った。

そんなフランさんの言葉に、わたしはちょっと悲しくなった。だって……イリヤと違って、わたしは宮廷魔術師になれなかったんだから。わたしが表情を曇らせたのを見て、フランさんは慌てて付け足す。

「いや、だからどうするという話でもないけれど」

「わたしなんかより……イリヤの方が魔獣の研究には役に立つかもしれませんよ」

だって、あの子は将来を期待される宮廷魔術師なのだから。わたしがイリヤに感じているのは、嫉妬と怖れだった。

もし……フランさんが、わたしより、イリヤを必要とするようになったら……。わたしはいらないって言われたらどうしよう？

わたしの居場所は、ここにしかないのに。

そんなわたしの不安を感じ取ったのか、フランさんは微笑み、ゆっくりと言う。

「イリヤさんの申し出はありがたいけどね。でも、僕にとっては、アルテさんが助手でいることの方がずっと大事だよ」

「わたしがテイマーだから、ですか？」

「もちろん。それもある。でもね、それだけじゃない」

フランさんは真っすぐにわたしを見つめた。どきりとする。

わたしが必要とされているのは、あくまでテイマーだからだと思っていた。でも、別の理由があるんだろうか？

「君は素直だし、魔獣に偏見がない。それに、物覚えもいいし、とっても優秀だ。宮廷魔術師見習いのときも首席だったんだよね？」

「はい……一応」

「君が宮廷魔術師になれなかったのは、魔獣に対するつまらない偏見のせいだ。アルテさんのせいじゃない。もっと自信を持っていいんだよ」

フランさんは身を屈めて、わたしに目線を合わせて、優しげな笑みを浮かべた。その青い瞳は……とても澄んでいて、魅力的だった。

こんな人がわたしのことを必要としてくれて、肯定してくれると思うと、それだけでどんなことよりうれしくなる。

「あの……フランさん」

「なに？」

「前みたいに髪、なでてください」

「え？　でも、それは……」

「イリヤよりわたしが必要なのなら……」

そのことを形として示してほしい。フランさんはためらったけれど、結局、顔を赤くしながら、わたしに手を伸ばした。

くしゃくしゃっとわたしの銀髪を軽くなでる。その手は大きくて……温かかった。まるで壊れやすいものに触れるかのように、優しい、そっとしたなで方だ。

そして、わたしからそっと手を離す。

……もっとたくさん、力強くなでてくれてもよいのに。

「まあ、ともかく、明日からまた魔獣採集に出かけよう」

「はい！」

わたしは満面の笑みでうなずくと、フランさんも微笑んだ。

そんなわたしたちの様子を覗き見していた人がいた。

「……そんなに、フラン様と仲がいいんだ」

研究室の入り口を振り向くと、そこにはイリヤがジト目でわたしたちを睨んでいた。

ど、どうしてイリヤがここに……。

イリヤのうしろから、ひょこっとメイドのテミィさんが顔を覗かせる。テミィさんは困ったような、申し訳なさそうな笑みを浮かべていた。

「すみません。どうしてもイリヤ様が、おふたりの研究室を見てみたいとおっしゃっていましたから案内したのですが……お邪魔になってしまいましたね」

「いや、邪魔なんてことはないよ」

フランさんが慌てて手を振った。

だが、テミィさんもイリヤも、フランさんの言葉には耳を貸さなかった。

テミィさんは「おふたりの熱愛シーンを邪魔しちゃいました」と相変わらずおもしろがるよ

うに言い、イリヤは「頭をなでてもらうなんてずるい」とつぶやく。

完全に……誤解されている。いや、誤解じゃないんだけど。

イリヤがびしっと、わたしに人さし指を突きつける。

「やっぱり、わたしの方が役に立つって絶対に証明してみせるんだから！」

といっても、どうやったらそんなことが証明できるんだろう？

わたしは疑問に思い、フランさんも「うーん」と首をかしげていたから、同感だったようだ。

だけど、そんなフランさんとわたしに、テミィさんがある提案をした。

「ほら、前におっしゃってたネズミの群れ、捕まえるのを手伝っていただいてはいかがでしょうか？」

「ああ、それはいい案だ。ただ、ネズミじゃなくて、マカロニ・スノウマウスね」

そう言いながらフランさんがくすっと笑って訂正する。初めて聞くけど、どうやら魔獣のことみたいだ。

フランさんはわたしとイリヤに向き直って説明する。

「マカロニ・スノウマウスは、一種の魔力の塊なんだよ。一匹一匹はこれくらい小さいんだけれど」

フランさんは大きな両手を、小さく丸めてみせる。

モルモットより少し小さいぐらいの大きさみたいだった。

「名前の通り、まあ、テミィの言う通り、ネズミみたいな見た目のとても愛らしい生き物なんだ。けれど、これが群れで生きていて、けっこう個体差がある。だから、たくさん捕まえて比較したいんだよ。とくにトゥル村周辺のマカロニ・スノウマウスは、王都周辺とは地域差があるみたいで見た目もかなり相違するようだし」

「へぇ……そうなんですね」

「どうかな？　白くてまるまるのかわいらしいもふもふの群れを観察してみるというのは、なかなかおもしろいと思うよ」

わたしとイリヤは、顔を見合わせた。

それは……たしかにかわいくて癒やされそうだけれど……。

テミィさんが横から口をはさむ。

「捕まえるのになかなか苦労するそうですから、おふたりでどちらかたくさんネズミを捕まえられたか、競争すればいいんですよ」

なるほど。

そうすれば、たしかにわたしとイリヤのどちらが、フランさんのお役に立てるかわかるかも。

フランさんが「だからネズミじゃないんだってば」と困ったようにテミィさんに言う。それを横目に、わたしとイリヤはうなずき合った。

「「その提案、乗りました！」」

わたしとイリヤが口を揃えて言うと、フランさんはあっけにとられ、そしてくすっと笑った。

「ふたりは本当に仲良しだね」

わたしとイリヤは顔を見合わせ、そして、ふたりともぷいっと横を向いた。

仲良しというわけじゃない。わたしとイリヤは友人だけれど……ライバルなのだ。

フランさんは、そんなわたしたちを微笑ましいものを見るように、穏やかに見つめていた。


次の日の朝、そういうわけで、わたしとフランさんとイリヤの三人は、トゥル村南方の雪原に出かけた。ついでにキュピーも一緒だ。

丘の上の真っ白な雪景色は、どこまでも、どこまでも広がるようで……美しかった。朝日に照らされて、きらきらと輝いて見える。

キュピーも気持ちよさそうに、わたしの肩の上できゅぴっと鳴いた。

ここに、マカロニ・スノウマウスが生息しているらしい。

わたしとフランさんはいつもの動きやすい軽装に防寒具を着込んで、イリヤは宮廷魔術師のローブに、かっこいい黒のコートをまとっている。宮廷魔術師のローブは意外と動きやすいらしい。

いいなあとわたしが眺めていると、イリヤがわたしに尋ねる。

「うらやましい？」

「もちろん、うらやましいよ。わたしは宮廷魔術師になりたかったんだもの」

わたしは肩をすくめて言う。

イリヤが、宮廷魔術師になれなかったわたしのことを煽《あお》るつもりで言ったのかと思った。でも、イリヤの表情は真剣だった。

「そっか」

イリヤは小さくつぶやいたけど、そこにはわたしへの優越感はなかった。……どうしたんだろう?

フランさんがひとりでちょっとだけ先に歩いていて、こっちこっちと手招きしている。なんだかピクニックみたいだ。

魔獣は恐ろしい存在だと思われているけれど、でも、このマカロニ・スノウマウス捕獲には、恐ろしい影なんてひとつもない。

ただただ平和だった。

わたしたちが、雪に気をつけながら、フランさんに駆け寄る。するとフランさんは「見てごらん」と雪原の地面の一箇所を指差した。雪の溶けた切れ目に、少し大きめの穴ができている。

そこに、真っ白な体毛に包まれた、小さな生き物がたくさんいた。

わあっ、とわたしとイリヤは同時に感嘆の声をあげる。キュピーも、きゅぴーと甲高い鳴き声をあげた。

その生き物は、どれも手のひらほどのサイズで、体のほとんどの部分が白いけれど、鼻先と耳がかわいらしくピンクになっている。

そんなネズミ……マカロニ・スノウマウスが、たくさんちょこまかと穴の中を動いている様子は愛らしかった。

「これを……捕まえるんですか？」

「簡単そうに見える？」

わたしとイリヤは顔を見合わせてから、こくりとうなずいた。フランさんはふふっと笑った。

「試してみるとわかるよ」

わたしは自分の手を見つめ、それから、マカロニ・スノウマウスのいる穴の中に、そっと手を入れようとした。ところが、穴の上に、まるで見えない氷でも張ってあるかのように、わたしの手は阻まれた。

フランさんを見上げると、彼はうなずいた。

「マカロニ・スノウマウスの巣には、魔力の結界のようなものが張られていてね。だから手が届かない」

「結界を破ることはできないんですか？」

「不可能じゃないけど、そうすると、マカロニ・スノウマウスが傷ついちゃったりするし、巣も壊れてしまう。なにより、その衝撃でマカロニ・スノウマウスが逃げてしまうからね」

じゃあ、どうやって捕まえるんだろう？　わたしが疑問に思っていると、フランさんは微笑んだ。

「ということで、巣穴から逃げ出したところを捕まえるしかない」

満を持してという感じで、フランさんは厳《おごそ》かにかばんの中から道具を取り出す。それは長い取っ手がついていて、先端が丸っこい輪になり白い網が張られている。

……虫取り網？

わたしとイリヤの分もあるみたいで、それを渡され、わたしたちは顔を見合わせた。それからおもむろに、フランさんが聖剣を抜くと、地面をとんとんと叩いた
ぼわっと青い光が灯る。弱い衝撃波を放つ簡単な魔法だ。

でも、マカロニ・スノウマウスたちは魔力の衝撃にびっくりしたのか、ぴょこぴょこと飛び出してくる。

かわいいけれど、けっこうすばやい！

これをフランさんはどう捕まえるのかと見ていると……。

フランさんはひょいと虫取り網で地面をすくうような動作をする。逃げるマカロニ・スノウマウスが一匹だけ、捕まった。

けれど、そのあいだにほかの個体がどんどん逃げていってしまう。

「さあ、アルテさんとイリヤさんもよろしく！」

わたしたちは慌てて網でマカロニ・スノウマウスを捕まえようとするけれど、一匹も捕まらない。

む、難しい……！

結局、群れが四散してしまうまでに、わたしとイリヤの実績はゼロ匹捕獲、フランさんも二匹捕まえられただけだった。

「……というわけで、これを研究のために百匹は捕まえたいんだけど」

「無理ですよー！」

わたしとイリヤが口を揃えて言う。フランさんは苦笑してうなずいた。

「そう。なかなかいい手段がなくて困っているんだ。しかも、巣を見つけるのが、またひと苦労で……」

そうだとしたら、なおのこと難しいのでは？　フランさんは雪原から離れた森を指した。

「あっちの奥の方には、もっとたくさん巣があるみたいなんだけどね。しかも逃げ場がないような岩穴に巣を作っていたりして簡単に捕まえられるとも考えられる」

「でも、行けない理由があるんですか？」

「その通り。魔力が濃くて、それに危険な魔獣もいるから」

「フランさんにとっても、危険な魔獣がいるんですか？」

フランさんなら、大抵の魔獣だったら一瞬で倒せてしまいそうだ。でも、フランさんは笑って首を横に振った。

「いや、僕は無敵なんかじゃないよ。ただの普通の人間だ」

フランさんほどの人がただの人間なら、わたしのような平凡なテイマーはどうなるのか？と思ったけど、言わないでおく。ともかく、森には近づかない方がいいみたいだ。

フランさんはにっこりと笑った。

「でも、僕らには切り札がある」

切り札？　なんのことだろう？

フランさんがじっとわたしを見つめる。

……あっ。

わたしのことか。わたしのテイムのスキルがあれば、簡単に解決できるかもしれない。

「ということで、アルテさんにおおいに期待しているんだよ」

「あ、ありがとうございます」

わたしはちょっと照れて顔を赤くして、それから横のイリヤの顔をちらりと見た。案の定、イリヤはむうっと頬を膨らませている。

わたしに対抗心を持っていて、しかもわたしと張り合うために、わざわざマカロニ・スノウマウスの捕獲に来ているのだから、当然だ。

フランさんもそんな事情に気づいているはずだ。

「ということで、巣を探そう」

いずれにせよ、マカロニ・スノウマウスの巣を探すのは、地道な作業になる。

わたしとフランさんとイリヤは手分けして、雪の中を探していくが、なかなか見つからない。

ところが、もうひとり、仲間がいることをわたしは忘れていた。

「きゅっ、きゅぴー」

キュピーが甲高い鳴き声をあげている。びっくりして、わたしがそちらへ向かう。

「どうしたの、キュピー？」

「きゅきゅっ！」

キュピーは、ぴょんぴょんと飛び跳ねる。見ると、キュピーの下の地面には雪の切れ目があって、そこにマカロニ・スノウマウスの巣があった。

キュピーは得意げな顔でわたしを見つめる。もしかしたら、同じ魔獣同士、居場所が感知できるのかも。

わたしは微笑んだ。

「ありがとう、キュピー」

キュピーは、きゅっと鳴くとわたしの肩の上に乗り、わたしに頬ずりした。ちょっとくすぐったい。キュピーみたいな子がいると、テイムのスキルも悪いものじゃないと思えてくる。

それに、フランさんも必要としてくれているし。

いつのまにか、フランさんとイリヤもわたしたちのところにやって来ていた。

「おお、キュピーくんのお手柄だったね」

うれしそうにフランさんが言う。魔獣に「くん付け」……フランさんはいつも丁寧だなあと思う。

もともとフランさんは魔獣好きだからというのもあるかもしれない。

フランさんはキュピーをなでようとして、でも、ふーっと威嚇《いかく》されてしまった。わたし以外には懐いていないのだ。

こないだはわりと穏やかそうにフランさんに抱かれていたのに、忘れてしまったのかも知れない。フランさんが悲しそうに首を振る。

わたしは慌てた。

「だ、ダメだよっ。キュピー。フランさんはわたしの大事な人なの。だから、怖がったりしないで」

キュピーは首をかしげ、きゅぴっと鳴くと、まるでうなずくかのように、フランさんに向かってこくりと首を縦に振った。

「お、これは触っていいってことなのかな?」

「たぶん、そうだと思います」

わたしは少し自信がなかったけど、そう答えた。フランさんはおずおずとキュピーを触ったが、キュピーは抵抗せず、そのもふもふとした毛皮をなでられていた。

フランさんは満足そうな表情を浮かべた。

こうしていると、フランさんは伝説の元冒険者なんかじゃなく、ただのもふもふ好きの若い男の人にしか見えない。フランさんはキュピーからゆっくり手を離すと、ぽんと手を打った。

「おっと、やらないといけないことを忘れるところだった」

そう。

マカロニ・スノウマウスをたくさん捕まえないと！　わたしは巣穴に手をかざしてみた。もちろん、結界が張られているから、手を入れることはできない。

けれど、この上から、テイムを行うことはできないだろうか？　マカロニ・スノウマウスは、十匹ぐらいはいると思う。

一気にテイムできれば……。

今まで、わたしは一度に一体しかテイムしたことはなかった。でも、もしかしたら複数同時にできるかもしれない。スキルは習熟すれば、広範囲に使えることがあるとも聞く。

「テイム！」

すると、白い光に巣穴が包まれる。一瞬、マカロニ・スノウマウスの群れが、びっくりしたようにわちゃわちゃと動きだすけれど、飛び出して逃げてしまう前に、みんなおとなしくなった。マカロニ・スノウマウスたちは、とてもちっちゃく、白い背中に星形の赤い刻印が刻まれているのが見えた。

……成功……したみたいだ。フランさんを見上げると、「さすが！」と言って、微笑んでわたしを褒めてくれた。

ちょっとうれしくなる。

この調子なら、キュピーにマカロニ・スノウマウスの巣を探してもらって、わたしがまとめてテイムするという方法で簡単に百匹捕獲もいけるような気がする。

「……よし！」

わたしはぐっと拳を握る。フランさんのお役に立てる！

フランさんも上機嫌に、「やっとマカロニ・スノウマウスの個体差を調べられる」と喜んでいる。そんな中、ただひとり、イリヤだけが不機嫌そうだった。

イリヤはびしっとわたしを指差し、そして黒い瞳で睨む。

「……これじゃ、勝負にならないじゃない！」

「そう言われても……」

たしかにわたしとイリヤは、どちらがたくさんマカロニ・スノウマウスを多く捕まえられるか勝負することになっていた。でも、わたしにはテイムのスキルがあるから、圧勝してしまう。

「私の方が……絶対にアルテより優れているのに！」

どうして、イリヤはこんなにムキになって、わたしに勝とうとするんだろう？

なんて答えればいいんだろう？　困ったわたしに、フランさんが助け舟を出してくれた。

「もともと、どちらが僕の役に立つかを証明するために勝負してくれていたんだよね？　まあ、僕の役に立とうなんて思ってくれなくて全然いいんだけれど、ただ、今回に関して言えば、アルテさんが僕の研究に役立つのはあきらかだよ」

フランさんは穏やかな口調で言ったけど、イリヤはそのひと言に傷ついたようだった。ショックを受けたような表情で固まり、それからなにかを言いかけ、そして首を横に振った。

「……少し頭を冷やしてきます」

そう言うと、イリヤはうしろを向いて、駆け出した。

わたしは追いかけようかどうしようか、迷って、その場に立ち止まった。ああいうときは、イリヤはひとりきりになりたいのだ。

わたしはよく知っている。ずっと昔から一緒にいるから。

フランさんがぽんとわたしの肩を叩く。わたしはフランさんを見上げた。

「ちょっとはっきり言いすぎたかな」

「……イリヤも、フランさんのお役に立ちたいと思って、必死なんです。だって、イリヤはフランさんに憧れていて……」

「そうかな？」

フランさんは、ぽつりとつぶやいた。フランさんは気づいていないんだろうか？　宮廷魔術師の先輩で、偉大な聖剣士のフランさんに、イリヤが憧れているのは間違いないと思う。だからこそ、イリヤはお屋敷にとどまって、こうしてわたしに対抗心を燃やしているんだと思う。

わたしがそう言うと、フランさんはとても優しそうな表情を浮かべた。

「それは違うよ。イリヤさんが僕なんかに憧れてくれているのは、事実かもしれない。でも、それが、彼女がここに滞在する一番重要な理由じゃないと思うな」

「どういうことですか？」

「すぐにわかると思うよ。イリヤさんは、自分の本当の気持ちに素直になるべきだ」

わたしはフランさんの言うことがわからず、フランさんをまじまじと見つめてしまった。フランさんはそんなわたしをいたわるように見つめていた。

それから、わたしとフランさんはマカロニ・スノウマウスの捕獲を再開した。

巣を見つけるのに手間取ったけど、キュピーの助けもあって三十匹ほど捕まえることができた。すべてが和やかで平和で順調。そう思っていた。

おかしいなと思ったのは、イリヤがなかなか戻ってこないことだった。四十二匹目の捕獲に成功したとき、わたしはふとそのことに気がついたのだ。

「イリヤが戻ってきていないですね」

「あれ、本当だね。どうしたんだろう？」

ちょっと頭を冷やしに行くっていう時間はとっくに超えているような……。

わたしははっとした。

雪原の向こう。森の中。フランさんはそこに行けば、簡単にマカロニ・スノウマウスが捕まえられると言っていた。

もしイリヤがフランさんの役に立とうとして……わたしに勝とうとして、そこへ行ったとしたら、どうしよう？　イリヤの性格的にはとてもありえることだった。負けず嫌いのイリヤは無茶をやりかねない。

そして、その場所は、フランさんによれば、とても危険なのだ。わたしは居ても立ってもいられなくなった。

そのことを話すと、フランさんも顔色を変えた。

「それはまずいな……急ごう」

わたしとフランさんは足早に森の方へと駆けていく。

どうして……イリヤはこんな無茶をするんだろう？　そんなに必死になって、わたしに勝とうとするんだろう？

わたしたちが森に入りかけたとき、甲高い女の子の悲鳴が聞こえた。

……イリヤだ！

わたしたちは慌てて、声のもとへと向かった。幸い、イリヤは森の入り口近くにいた。奥に行く勇気はなかったのかもしれない。

手には一匹のマカロニ・スノウマウスを捕まえている。けれど、イリヤは尻もちをついていて……。その前には、黄色と白の柄の毛皮をまとった獣がいた。

イリヤの体の一・五倍はありそうで、そして、その目はらんらんと黄金色に輝いている。

「ひょ、豹《ひょう》？」

見たことはないけど、本で読んで知っていた。とても怖い肉食動物のはず。

フランさんはつぶやく。

「あれはただの豹じゃない。魔獣の『ゴルドナー・レオパルト』だよ。かなり強い、ね」

やっぱり、魔獣なんだ。どちらにしても、イリヤが危ない！

イリヤは恐怖に、黒い目を大きく見開いている。

助けないと……。

じっと、その魔獣はイリヤを睨んでいる。テイムをしようにも、魔獣に敵意を持たれていれば、すぐにはテイムできない。

敵意を解くことができるだろうか？　あるいは、フランさんなら、あの魔獣を倒せるのかもだけど。

でも、下手に刺激をすれば、イリヤがますます危なくなるかもしれない。

どうすれば……いいんだろう？

そのとき、キュピーがきゅぴっと小さく鳴いた。振り向くと、キュピーがなにかを伝えようとしていた。その目はイリヤの方を……いや、イリヤよりもさらに遠くを見ている。

そこになにかあるんだろうか？

わたしはイリヤのうしろに、白い影が動くのが見えた。ほぼ同時に、イリヤが恐怖に耐えられなくなったのか、「助けて！」と悲鳴をあげる。

魔獣がその声に反応して、イリヤに襲いかかろうとし……。

とっさに、わたしはイリヤと魔獣のあいだに飛び入り、立ちはだかった。

「あなたが必要としているものを捕まえるつもりはないの！　だから、少し待って」

わたしは魔獣に向かって、そう叫んだ。すると、魔獣はぴたりと動きを止めた。程度の差はあれ、わたしはいくらか魔獣と意思疎通ができるみたいだ。

魔獣が動きを止めたのを確認すると、わたしはイリヤに向き直った。

イリヤは涙目で、わたしを見上げる。

「助けに来てくれたの？」

「決まってるでしょ。世話が焼けるんだから」

わたしが微笑むと、イリヤはほっとしたように、わたしの足にぎゅっとしがみついた。ぽんぽんと優しく肩を叩くと、イリヤに「少し移動してくれる？」と頼んだ。

イリヤは不思議そうに首をかしげ、それからわたしの手を支えにして、立ち上がった。

すると、イリヤのうしろの岩の穴に、小さな獣がいるのがはっきり見えた。マカロニ・スノウマウスよりはだいぶ大きいけれど、でも、わたしたちの膝ぐらいの高さしかない。もふもふの……とっても愛らしい生き物だ。ただ、金色の目も、黄と白の柄も、イリヤを襲おうとした魔獣そっくりだった。

わたしは振り向き、そして、魔獣を手招きした。

「あなたの子どもを返してあげる」

魔獣はこくりと、うなずくように首を振ると、静かに小さな生き物……子どものゴルドナー・レオパルトに近づいた。そして、口で子どもの魔獣の首のあたりをくわえる。

親子の魔獣は幸せそうに、そのまま静かに立ち去った。フランさんがホッとした様子で、わたしたちに駆け寄ってくる。

「さすがアルテさん！　あの魔獣に子どもがいたことに気づくとは」

「キュピーのおかげです。フランさんもいざとなったらわたしたちを助けてくれるつもりだったんでしょう？」

フランさんは聖剣を抜き放って、いつでも戦えるように構えていたから、わたしたちが危なくなったら助けてくれるつもりだったはずだ。でも、フランさんは首を横に振った。

「たしかにそうだけれど、絶対に成功する自信はなかった。イリヤさんが助かったのは、アルテさんのおかげだよ」

そのイリヤはといえば、黒い瞳から涙をぼろぼろとこぼしている。そして、ぎゅっとわたしに抱きついていた。

「こ、怖かった……」

「そんなに怖かったなら、無茶しなければよかったのに」

「だって、アルテに勝ちたかったんだもの……」

「どうしてそんなにわたしに勝ちたがるの？　わたしのこと、そんなに嫌い？」

わたしがちょっと意地悪に言うと、イリヤは大きく目を見開いて、「ち、違っ……」となにか言いかける。

そこにフランさんが口をはさんだ。

「逆なんだよね？」

「逆？」

わたしのつぶやきに、イリヤがこくりとうなずく。フランさんは微笑んで、そして、付け加えた。

「イリヤさんは、アルテさんのことが大好きだから、張り合うのさ。こうして、僕の屋敷までやって来て、滞在したのもアルテさんと一緒にいたかったからじゃないかな」

わたしはあ然とした。

まさか。一応友人ということになってはいたけど、わたしとイリヤはいつもライバルとして対抗心をむき出しにしていたのに。

でも、イリヤは頬を赤らめてうなずいた。

「だ、大好きなんかじゃないけれど……でも、アルテがいないと寂しいの。ライバルがいないと……毎日が味気ないから。せっかくの宮廷魔術師になれても、ぜんぜん楽しくない。ふたりでずっと一緒に、宮廷魔術師でいるんだと思ってたのに、なのに……」

わたしは宮廷を追い出されてしまった。

考えてみれば、ほかの宮廷の人たちが、テイムのスキルを持つわたしに否定的なことを言ったのに、イリヤはそういうことをひと言も言わなかった。イリヤは、わたしに宮廷にいてほしかったのかもしれない。

「ねえ、アルテ。戻ってきてよ。私のライバルはあなたしかいないの。……私がなんとかして、アルテを宮廷魔術師にするから」

イリヤはいつのまにか、わたしの胸に頬をうずめていた。わたしは優しくイリヤを抱きしめると、ささやく。

「ありがとう。でも、それはできないの。だってわたしはテイマーだから」

わたしも宮廷魔術師になりたかった。イリヤと一緒に、有名な魔法使いになりたかったと思う。でも、それはできない。

代わりに……わたしは、フランさんに必要とされている。居場所を見つけることができた。

だから、わたしは大丈夫。

「ごめんね、イリヤ」

わたしがそうささやくと、イリヤはわたしの腕の中で泣きじゃくり、わたしはそのきれいな黒髪をそっとなでた。

そんなわたしたちをフランさんとキュピーが優しく見つめていた。


その後、マカロニ・スノウマウスの捕獲は、首尾よくいき、必要な数を捕まえることができた。それはわたしのテイムのスキルのおかげだけじゃなくて、フランさんとキュピーと……イリヤが手伝ってくれたからだ。そして、屋敷に戻った後のイリヤは、穏やかで、いつもみたいに意地を張ることはなかった。

わたしとふたり、見習い時代の思い出話をして……それから、結局、またチェスとかバックギャモンとかで勝負して、やっぱりわたしの方が勝ち越してしまった。イリヤはちょっと悔しそうにしていたものの、その表情はどこか楽しげだった。

ふたりで一緒に、フランさんのおいしい料理を食べたり、エルくんと遊んだり……。フランさんは、イリヤが滞在するあいだ、わたしにお休みをくれた。

そんなことをしていたら、あっという間に四日が経った。そして、イリヤは宮廷に帰ることになった。

「イリヤ……もう行っちゃうの？」

「うん。これ以上、居候するわけにはいかないもの」

イリヤは晴れ晴れとした笑顔で、うなずいた。

五日目の朝、イリヤは荷物をまとめて、屋敷の玄関に立っていた。

わたしだけじゃなくて、フランさんやエルくん、テミィさん、トマスさんが見送りに来ている。イリヤはぺこりとフランさんに頭を下げた。

「結局、なんの役にも立たなくて、ご迷惑をおかけするだけになってしまって申し訳ありませんでした」

「そんなことないよ。アルテさんの友人というだけで大歓迎だし、またいつでも遊びに来てよ」

「……はい！」

イリヤはうれしそうにうなずく。

結局、イリヤがこの屋敷に来た目的はフランさんじゃなくて、わたしというわけだったけれど……。でも、イリヤがフランさんに憧れているのは、本当のことみたいだ。

テミィさんも「残念ですねぇ」と言って名残惜しそうに、わしゃわしゃとイリヤの髪をなでていた。イリヤはちょっとくすぐったそうに、それを受け入れている。

やがて、イリヤはわたしに向き直った。

「アルテ……私、絶対にあなたに負けないから」

「イリヤなら、きっと偉大な宮廷魔術師になれるよ」

「決まってるじゃない！　私はあなたよりずっとずっと強くなって、フラン様のお役にも立てるようになって、あなたより……」

そこで、イリヤはちょっと涙ぐんだ。

こんなにイリヤが泣き虫だなんて知らなかった。

「また会おう、イリヤ」

「……うん」

これが最後の別れというわけじゃない。

イリヤは宮廷魔術師になり、わたしはなれなかった。道は分かれた、ただそれだけのことだ。

イリヤは立派な宮廷魔術師を目指して、わたしはテイマーとして魔獣の研究に貢献する。

それぞれの居場所でがんばるんだ。

わたしはイリヤにすっと手を差し出した。イリヤはゆっくりと、わたしの手を握り返す。

わたしとイリヤは小さな手を、握り合って、互いの瞳を見つめた。やがて、互いに手を放す。

「ずっとライバルなんだから！」

イリヤはそう宣言すると、きれいな笑みを浮かべ、そして、くるりと背を向け、馬車へ向けて歩きだした。

イリヤの歩きだした向こうには、どこまでも澄みきった青空が広がっていた。

第五章　王都の危機

フランさんのお屋敷に来てから一ヶ月が経った。

フランさんと一緒に魔獣の採集に何度も出かけたし、それだけじゃなく、そのあいだにいろんなことがあった。エルくんの本当の姿を知ったり、イリヤが屋敷に押しかけてきたり。

どちらもひと騒動だったたし、危ない瞬間もあったけれど最後はうまく解決できた。困ったことがあっても、メイドのテミィさんや、執事のトマスさん、使い魔のキュピー、そして、フランさんがわたしを助けてくれる。

宮廷魔術師にはなれなかったけれど……わたしには居場所ができた。

今日もいつものように、わたしはフランさんたちと朝食を取っていた。たっぷりのホットチョコレートをマグカップに注ぎ、そこに細長い揚げパンを浸して食べる。

シンプルだけど、おしゃれだし、甘くてとてもおいしい食べ物だ。わたしの隣に座るエルくんも、幸せそうに、ぴちゃぴちゃと揚げパンをホットチョコレートに浸して、ぱくっと食べている。

ああ、平和だなあ。

テミィさんはぺらぺらとにぎやかにトマスさんに話しかけている。フランさんはみんなを優しく見つめながら、自分も揚げパンを頬張っていた。こんな穏やかな時間が続くといいのだけれど。

でも、そうはいかなかった。

玄関の方から、大きな鈴の音が聞こえる。わたしとエルくんは顔を見合わせた。

こんな朝早くに来客?

たまに王立アカデミーの関係者とか、フランさんの冒険者時代の仲間とかが訪ねてくるけど、
この時間は珍しい。テミィさんがすぐに立ち上がる。

「応対に出ますね」

「悪いね、テミィ」

フランさんの言葉に、テミィさんが優雅に微笑む。

「それが私の役割ですから」

トマスさんも同時に立ち上がった。家族みたいに扱われているといっても、トマスさんもテ
ミィさんも一応、屋敷の使用人なのだ。

エルくんも慌てて立ち上がって続こうとするが、テミィさんに「子どもはちゃんと食べない
と大きくなれませんよ?」と押しとどめられてしまった。

「こ、子ども扱いしないでください!」

「あら、エルくんみたいなかわいい子どもを子ども扱いしないで、いったい誰を子ども扱いす

るんですか？」

からかうように、テミィさんが言い、エルくんはむうっと頬を膨らませた。けれど、結局、エルくんはうなずくと、素直に席に座る。

わたしはフランさんに尋ねてみた。

「どなたがやって来たんでしょう？」

「さあ、今日は誰の訪問予定もなくて、一日中、魔獣の研究のつもりだったけれど……」

フランさんも首をかしげている。なんとなく、わたしは不安に駆られた。

そして、その不安は的中したようだった。

テミィさんがばたばたと慌てふためいて戻ってくる。いつも笑顔で動じないテミィさんにしては珍しい。

「ふ、フラン様……！」

「そんなに慌ててどうしたの？」

「お越しになったのは、宮廷魔術師の……」

テミィさんが言い終わる前に、食堂に、ひとりの背の高い老人が入ってきた。彼は真っ黒なローブに身を包んでいる。白髪と白ひげを長く伸ばしていて、とても威厳がある。

無遠慮に食堂に踏み込んでくると、その人は淡い灰色の瞳で、辺りを見回した。

「久しぶりだな、フラン、それにアルテ」

その人は……宮廷魔術師のグレンヴィル様だった。孤児のわたしを拾い、宮廷魔術師見習いにした人。そして、テイムのスキルを手にしたわたしを、宮廷から追い出した人だ。

わたしが固まっていると、フランさんが立ち上がった。

「ご無沙汰しております、グレンヴィルさん。どんなご用向きで?」

フランさんは言葉こそ穏やかだったが、その顔にはいつもの笑みはなかった。青色の瞳は冷ややかにグレンヴィル様を見つめている。

「用件、か。頼みがある。協力してほしい」

グレンヴィル様は、低く響く声で、ゆっくりと言う。

「それは珍しいですね。宮廷魔術師を勝手にやめた、不肖の弟子に頼み?」

わたしは驚いた。フランさんはグレンヴィル様の弟子だったらしい。

考えてみれば、ぜんぜん不思議なことじゃない。一流の宮廷魔術師が、将来有望な宮廷魔術師を弟子にするのはごく普通のことだ。そして、グレンヴィル様は宮廷魔術師のナンバー3《スリー》に位置する実力者だし、フランさんも聖剣士として大活躍していたのだから、とても優秀な師弟なのだ。

だけど、ふたりのあいだには、まったく親しげな様子がなかった。ふたりとも、とても冷たく、厳しい表情だった。まあ、グレンヴィル様は厳格で怖い人だから違和感はない。けれど、フランさんはほかの人に対しては、いつもにこにこしているのに、珍しい。

「たとえ宮廷魔術師でなくなっても、君は貴族として、またひとりの魔術師として、国家に奉仕する義務はある」

「それで、どんなご奉仕をすればいいんですかね」

「正確には君とアルテのふたりの協力が必要だ」

グレンヴィル様は視線をわたしに移した。

わ、わたし？

テイムのスキルを持つわたしなんて、グレンヴィル様には必要ない。だから、「宮廷を去りなさい」と言って、グレンヴィル様はわたしを追い出したはずなのに。

フランさんの目つきが、ますます鋭くなった。

「アルテさんをなにに利用しようとしているんです？」

「利用とは人聞きが悪い。協力してほしいのだよ」

そして、グレンヴィル様が語ったのは、次のような事情だった。

――王都の東地区イースト・エンドで、人が行方不明になる事件が次々と発生した。

もともと東地区はスラムだったので、多少、貧しい人たちがいなくなっても、これまで政府は気にもしなかった。けれど……あまりにも行方不明になる人が続出したので、宮廷魔術師の一部が調査を開始したのだった。

ところがほぼ同時に、巨大な魔獣が突然現れた。魔獣とそれを言ってよいのかはわからない。

それはほとんど「要塞《ようさい》」だった。

大きな屋敷ほどの大きさで、もふもふとした毛皮の代わりに、鋼鉄の皮膚を持っている。ただ、それは魔力を持つ生き物で、魔獣の仲間であることはあきらかだった――。

そして、人を食らい、魔力を蓄え、さらに大きくなっているのだという。

「軍も宮廷魔術師も、あの魔獣を倒すことはできない。どんな攻撃もその鋼鉄の表面を撃ち抜けないからだ。だが……」

テイムの力があれば、倒せるかもしれないという。攻撃ではなく、テイムによって支配し、その上で、倒してしまおうという作戦のようだった。

だから、わたしが必要だ。そういうことらしい。

「なんといっても、先例があるからな」

「先例？」

グレンヴィル様の言葉に、わたしは首をかしげる。フランさんだけ、びくっと震えた。

「あなたは……アルテさんを追放しておいて、今さらあんな危険なことをさせようとするのですか⁉　それが〝利用〟でないのだったら、いったいなんなんですか⁉」

フランさんはグレンヴィル様に詰め寄った。その剣幕に、エルくんも、テミィさんも驚きの表情を浮かべた。

たしかに、そんな強い魔獣をテイムしようとしたら危険だ。それに、今さらグレンヴィル様がわたしに協力を求めるのも、まあ、勝手とも言えなくもない。

でも、フランさんがそこまで激昂《げきこう》するのは、普通じゃない。わたしのことを思ってくれているだけじゃなくて、なにか別の理由があるのかもしれない。

グレンヴィル様は薄く笑った。

「私と君と、どう違う？　君だって、魔獣の研究のために、アルテを利用しているんだろう？」

「僕はアルテさんを死の危険にさらしたりなんてしない！」

「そうかな。魔獣と関わる以上、まったく危険がないということはないはずだ。行き場のない幼い少女を、自分の目的のために利用しようとしている。違うか？」

フランさんは反論しようとして、黙った。なにも……言い返せない。そんな感じだった。

そして、グレンヴィル様は、小さなメモを食堂のテーブルに置いた。一週間後に、王都東地区の詰所に来いという内容のようだった。

「私は宮廷魔術師だ。君たちに命令することもできる。だが、自主的な協力を期待しているよ」

そして、グレンヴィル様は、淡い灰色の瞳で、わたしとフランさんをじっと見つめた。

「ペルセとかいう女のときのような失敗はしない。安心しろ」

ペルセ？　誰だろう？

そして、グレンヴィル様は、大股で去っていった。テミィさんとエルくんは、心配そうに顔を見合わせていた。フランさんの急変を気遣っているのだろう。

フランさんはしばらくうつむいて黙っていたが、やがて顔を上げて、にっこりと笑った。

「さあ、みんな朝食に戻ろう。あんなぶしつけな来客に、幸せな朝ご飯の時間を妨害されるなんて、理不尽だからね」

「でも……」

さっきのグレンヴィル様の話、放っておいていいんだろうか？　フランさんはわたしに優しげな目を向けた。

「朝食が終わったら、大事な話があるんだ。いいかな？」

ダメなわけない。

わたしはこくこくとうなずいた。


わたしは、フランさんと一緒に書斎に入る。

この書斎に入るのも、何度目だろうか？　研究室だけじゃなくて、書斎でもフランさんは仕事をするから、わたしもこの部屋に入ることはよくあるのだ。

フランさんは魔獣のことだけじゃなくて、高度な魔法のことや、冒険者の知っている豆知識とか、いろいろと教えてくれた。

フランさんは……わたしに居場所をくれた。もしフランさんがいなかったら、今頃、わたしは王都の路地裏でのたれ死んでいたと思う。

そんなフランさんが、大事な話があるという。

なんだろう？

わたしはどきどきしながら、小さな椅子に腰掛けた。フランさんがわたしのために用意してくれた、かわいらしい子ども用の椅子だ。

ちょっと子ども扱いしすぎな気もするけれど、フランさんがわざわざ用意してくれたということがうれしかった。

そのフランさんは机の前の大きく古い茶色の椅子に座る。

そして、窓の外をぼうっと見つめた。

「昔ね……僕はテイマーの人と出会った。僕の学者としての師匠でもあり、年上の友人でもあった人物だ」

「……もしかして、それがペルセさんですか？」

さっきグレンヴィル様が口にした名前の人物。

それが、フランさんの知っているテイマーの名前。

そんな気がした。

フランさんはちょっと驚いた顔をしたけれど、すぐに穏やかな笑顔に戻った。

「そう。その通り。ペルセは僕よりふたつ年上の女性でね。とても……魅力的な人だった。話すだけで周囲がぱっと明るい雰囲気になるという感じだったんだ。そして、魔獣のことを、それはそれはうれしそうに話すんだ」

フランさんの顔は懐かしさと楽しさにあふれていた。でも、どこか影があった。

「冒険者時代の僕は、ペルセに魔獣の研究で協力を求められた。そして、護衛として、ふたりで一緒にいるようになり、やがて、僕は彼女の影響で魔獣の研究者になった」

そんなことがあったんだ……。どうしてフランさんが魔獣の研究者になったのか、きっかけが不思議だったけれど、今、ようやくわかった。

「そのペルセさんは……今、どうされているんですか？」

わたしが尋ねると、フランさんは遠い目をした。

「死んだよ」

「え？」

「政府の命令で、ある強力な魔獣の捕獲を無理やり手伝わされてね。なんでも、その魔獣が特大の宝石を生むから、捕まえて王室に献上せよとのことだった。そこで、僕とペルセは、宮廷魔術師たちと一緒にその魔獣を捕まえに行ったんだけれど――」

――予想外の魔獣の強さにふたりは苦戦した。ろくな準備期間が与えられていなかったこともある。

そして、その過程で、ペルセさんは大怪我を負った――。

ただ怪我を負っただけじゃなく、魔獣の研究を続けることも、人間らしい生活を送ることもできない状態になったのだという。

「――そして、ペルセは自殺した。これで僕とペルセの話はおしまいだ。僕はペルセを守れなかった。僕が魔獣の研究をしているのは……ペルセの遺志を継いだということもある」

フランさんはそこでしばらく言葉を切り、少しのあいだ、沈黙した。

グレンヴィル様が『ペルセとかいう女のときのような失敗はしない』と言ったのは、そういうことらしい。

「……アルテさんに話があるというのはね……」

「はい……」

「このお屋敷から、アルテさんには出ていってもらおうと思うんだ」

「……え？」

わたしはフランさんの言葉が一瞬のみ込めなかった。やがて理解すると……わたしは目の前が真っ暗になった。

追い出される？　宮廷のときみたいに？

わたしはフランさんに必要とされていると思っていたのに！

「ど、どうしてですか？　わたしのこと、必要じゃなくなったんですか⁉」

わたしは思わず、フランさんに詰め寄った。宮廷から追い出されたときは、仕方ないとあきらめることができた。

でも、今はそうじゃない。あきらめることなんてできない。フランさんのそばにいたい。

フランさんは悲しげに青い瞳で、わたしを見つめる。

「必要だよ。僕にはアルテさんが必要だ。テイムの力もそうだし、素直で頭のよくて、とてもいい子で……素晴らしい助手だから」

「なら……どうして？」

「僕は……アルテさんを利用すべきじゃないと思ったんだ。グレンヴィルさんに言われて、気づいたよ。僕はアルテさんを道具のように利用しようとしている。グレンヴィルさんとなにも変わらない」

「そんなことありません！　わたしはフランさんのおかげで救われたんです。フランさんが居場所を作ってくれて……」

「僕なら、アルテさんを国外の貴族の家への養子にすることも、教会の学校に入れることもできる。そうすれば、グレンヴィルさんの言うような、無茶な作戦に協力しないで済むようにすることもできる。ここじゃなくても、アルテさんは居場所を見つけられるよ。これでも僕はそれなりに権力があって――」

「でも、わたしはフランさんのそばにいたいんです！」

わたしがそう言うと、フランさんはぴたりと口を閉じた。そして、わたしの銀色の髪をくしゃくしゃっとなでた。

「ありがとう。……でも、僕はアルテさんが危険な目にあって、ペルセと同じようになったら、と思うと、怖くてたまらないんだ。不安なんだよ。このままここにいれば、アルテさんは、宮廷魔術師に協力して、恐ろしく強大な魔獣と戦わされる羽目になる。そんなことになったら、僕は――」

「大丈夫です。きっとフランさんと一緒なら、どんな大変なことがあっても、乗り越えられると思いますから」

わたしが微笑むと、フランさんは青い瞳を揺らした。動揺しているのか、フランさんはうつむく。

「僕は……それでも……」

フランさんはきっと、わたしのためを思い、わたしのことを考えてくれているのだろう。

でも――と、わたしは思う。

「フランさんは……自分勝手です」

「え？」

「わたしはフランさんに利用されているなんて思っていません。フランさんのお役に立ちたいというのは、わたし自身の望みです。どうして、わたしの望みを聞いてくれないんですか？　急に出ていけなんて言うんですか？」

「それは……」

「わたしは、あなたのそばにいることが望みなんです」

わたしはそう言いきって、それからしばらくして、顔が赤くなってくるのを感じた。勢いに任せて、すごく恥ずかしいことを言ってしまったような気がする。

フランさんは口をぱくぱくさせて、それから……くすっと笑った。その顔にはいつもの微笑みが浮かんでいた。

「そうだね。僕は自分勝手だ。僕は……アルテさんの思うような立派な人間じゃない。宮廷魔術師だとか聖剣士だとか、そんなの肩書だけだ。僕は愚かで弱い人間なんだよ。それでも……僕と一緒にいてくれる？」

「はい！　もちろんです！」

わたしが言うと、フランさんはぱっと顔を輝かせた。そして、力強くうなずいた。

「問題はグレンヴィルさんの持ってきた無理難題だ。どう解決するかだけれど……」

「わたしを連れて駆け落ちしたり？」

わたしは冗談めかして、ちょっとだけ本気で提案してみた。でも、フランさんは笑うことなく、「なるほど」と言った。

「たしかに外国に行くのもアリだな。エルやテミィ、トマスも一緒に。研究資料や魔獣は一緒につれていけないけど仕方ないか……」

ぶつぶつとつぶやくフランさんがわりと本気みたいなので、わたしは慌てて止めた。

「国外逃亡はやめましょう」

「でも、とても危険だという魔獣に真っ向から立ち向かうことができるかな？　正体もわからないし……」

「王都の東地区って、わたしの出身地なんです。もうほとんど知り合いはいませんけれど……でも、できれば、そこに住む人たちを助けてあげたいなって思うんです。わたしがやらないと、もっと多くの人が犠牲になってしまいます。だから、わたしにできることがあれば……協力したいと思うんです」

「……なるほどね。アルテさんは偉いな」

もう一度、フランさんに頭をなでられる。ちょっとくすぐったい。

わたしの提案の本題は、この次だ。

「もしかしたら、わたしのテイムの力と、フランさんの魔獣の知識があれば、その危険な魔獣だって、なんとかできるかもしれません。だから、偵察に行きましょう」

「偵察？」

「はい。一度、見に行ってみて、それで対策を立てられればと思うんです」

最初から、グレンヴィル様たち宮廷魔術師と一緒に退治に行ってしまえば、融通が利かなくなるに違いない。

もしかなり危険な状態になったとしても、突撃を強行させせられるかもしれない。

だから、前もって見に行けば、安心だ。幸い、期限は一週間後だし。

なるほどとフランさんは手を打った。

「その通りだ。アルテさんは……ほんとにしっかり者だね」

「そうですか？」

「ああ。だから、しっかり者のアルテさんに、これからも僕のことを助けてほしいな」

フランさんはそう言って、わたしの肩をぽんと優しく叩いた。わたしもくすっと笑って、そして、フランさんに軽く……抱きついてみた。

「あ、アルテさん⁉」

「ちょっと甘えてみたいなって思ったんです」

えへへとわたしは子どもっぽく、わざとらしく笑ってみる。

フランさんは目を白黒させ、そして、顔を真っ赤にしながら、でも、わたしを抱きしめ返してくれた。


そうして、わたしたちは、次の日、王都の東地区に来た。

わたし、フランさん、そして、エルくんとキュピーの三人と一匹だ。エルくんにも来てもらったのは、彼の力が役に立つかもしれないから。エルくんは緊張した面持ちをしていた。

これから危険な場所に向かうから、わたしも少し緊張して、そして興奮している。

まだお昼過ぎのはずなのに、空には暗いオーラが垂れ込めている。そして、その向こうには、王城の時計塔と匹敵するほどの高さの……黒い物体があった。

ごちゃごちゃとしたスラムの中で、それだけは異質な存在として、ほかをまったく無視するように立っていた。

「あれが……魔獣？」

わたしはつぶやいた。

どう見ても、生き物には思えない。フランさんも同感のようで、無言だった。キュピーも同意するように「きゅー」と鳴く。

古くから知られている魔獣であれば、わたしのスキルでその名前を知ることができるはずだけれど……それも有効じゃないみたいだ。

住民はおおよそ避難を終えているみたいで、ほとんど人はいない。ただ、この地域に家を持ち、生活している人たちは、ここを追い出されると困ってしまうだろう。

それに、いつまでも、あんな危険な存在を野放しにしておくわけにはいかない。行方不明になった人たちは、あの魔獣に……食べられたのだというのだから。

「少し近づいてみよう」

フランさんが、ゆっくりと言う。

わたしは「はい！」と返事をし、キュピーもきゅぴっと鳴く。それに続いて、慌ててエルくんもうなずいた。

わたしたちはゆっくりと東地区を歩いていく。そして、角地にある廃屋の二階に上がった。じめじめとした空気が漂い、床が朽ちかけている室内へと足を踏み入れる。

そこから魔獣を観察するつもりだった。窓ガラスの遠く向こうの、魔獣をわたしたちは見上げる。

フランさんはつぶやく。

「初めてアルテさんに会ったのも……この街だったね」

「はい。フランさんがわたしを助けてくれなかったら、今頃、生きていなかったと思います」

「僕もアルテさんに出会えてよかったよ」

フランさんがつぶやいた言葉に、わたしはびっくりして顔を上げる。ちょっと照れたように、フランさんは金色の髪をかき上げた。

「だからこそ、アルテさんには危険な目にあってほしくないんだけどね」

そう言いつつも、フランさんは、わたしがここに来ることを認めてくれた。偵察だけとはいっても、危険が伴う。

それでも、わたしを連れてきてくれたのは、フランさんがわたしのことを信頼してくれているからだ。

その信頼に応えないといけない。今日のところは、敵の様子をしっかり見極めて、それで対策を打って……。

そんなふうに考えていたとき。

地響きのような、大きな音がした。

わたしもフランさんもエルくんもびっくりした。キュピーもきゅきゅきゅっと鳴いている。

次の瞬間、黒い塔のような魔獣が、ぐるりと回転する。その体の中央に、穴のような、人ひとり分ぐらいの白い目があった。

そのうつろな瞳を見て、わたしはぞっとする。その目は、深い、深い絶望を……感じさせた。

次の瞬間、魔獣がその体を変化させ、長い手のようなものが形作られる。

そして、それが真っすぐにこちらに向かってきた。

き、気づかれた！

「危ない！」

フランさんが叫んでわたしをかばおうとするが、それより早く魔獣の手が窓ガラスを破り、廃屋へと侵入した。

わたしは逃げようとして……でも、ダメだった。魔獣の巨大な手にわたしはつかまれ、激痛が走る。

フランさんとエルくんがなにか叫んでいる。

……わたしは返事をしようとして……気を失った。

目を覚ますと、わたしは真っ暗な空間にいた。

ここは……どこだろう？

『目覚めたかい？』

それは低く、やわらかな……男の人の声だった。でも、フランさんの声じゃない。

見回しても、誰もいない。それどころか、自分以外のものはなにも見えない。

「どうなってるの……？」

わたしが思わずつぶやくと、再び、さっきの声が聞こえた。

『ここは私の体の中だ』

どこかわからない場所から聞こえる声が、わたしに語りかける。

『わからないのかな。ここは私、つまり……君が見ていた、あの黒い魔獣の体の中なんだよ』

「どういうこと？」

その言葉に、わたしは記憶が蘇《よみがえ》ってきた。

そうだ！

王都の東地区を恐怖と混乱に陥れた魔獣。その魔獣の偵察に、フランさんたちと一緒にやって来たときに、わたしは魔獣の手に捕まったんだった。

そして、ここは魔獣の体内……だという。

「わたし、死んだの？」

『いや、魔獣としての魔力を貯める空間に、取り込んだだけだ。死んだわけじゃない』

「そう。なら、わたしをどうする気？」

わたしはなるべく強い語調で尋ねた。

本当のことを言えば、怖い。魔獣に人間が取り込まれたら、どうなるのか……。わたしは知らなかった。

きっと行方不明になった人たちも、同じような目にあったのだ。

ふふっと笑う声がする。

『どうもしないよ。魔力の糧にするだけだ。それに君は危険な存在だ』

「あなたに比べれば、危険じゃないと思うけど」

『いいや、君のスキルのテイムは、恐ろしい力だ。私にとってもそうだが、強力な魔獣を従えて使役できる力は、警戒に値する。だから、人間社会でも疎んじられているのだろう？』

たしかに、そうだ。

このテイムのスキルのせいで、わたしは宮廷魔術師になれなかった。忌み嫌われるスキルなのだ。でも、フランさんたちは……わたしのことを必要としてくれている。

「そうだ！　フランさんたちは？」

『無事だよ。今のところはね。私は君のテイムのスキルを封じるために取り込んだ。だからあとのふたりはどうでもよかったんだが……』

突然、真っ暗な空間の中に、ガラスのような画面が浮かび上がり、それが光り始める。そこに映し出されているのは、魔獣の体の外の風景のようだった。

フランさんとエルくんがなにかから逃げるようにして、王都の街を必死で走っている。その相手は……黒い塔のような魔獣だった。

魔獣が姿を変え、そして、手を伸ばし、光の球のような攻撃を放ち、フランさんたちを追いつめている。

このままじゃ……フランさんたちが危ない。

「やめて！　フランさんやエルくんにひどいことをしないで！」

『彼らを排除するつもりは私もなかった。だがね、あのふたり、〝君を返せ〟と叫んで、私に戦いを挑んできた』

そうだったんだ。わたしを助けるために。わたしが偵察に行こうなんて言わなければ……。

いや、自分を責めている場合じゃない！　なんとかしないと。

『あのフランという男……なかなか強いが……しかし、無駄だ。すぐに私の勝利で終わる』

「あなたはどうしてこんなことをしているの？　王都を壊して、王都の人たちを怖がらせて、王都の人たちをたくさん取り込んで……魔力だけが目的じゃないんでしょう？」

『ああ。その通り。復讐だよ』

「復讐？」

『私をこんな体にした奴らへの復讐だ。この王都を……壊滅させてやる。君もわかるだろう？　魔獣もテイマーも忌み嫌われ、差別され、疎んじられ、時に殺される。世界は理不尽で、そのすべてが間違っている。だから、復讐するんだ』

わたしは沈黙した。

そう。

たしかに、魔獣やテイマーにとって、この世界は理不尽なことだらけだ。わたしは宮廷から理不尽に追放された。

でも、イリヤはそんなわたしのことを友達だと思ってくれていて。フランさんも、エルくんやテミィさん、トマスさんもわたしのことを受け入れてくれた。

「あなたにどういう事情があるのかは知らない。でも……フランさんたちを傷つけるなら、許さない！」

『彼らは君を助けようとしている。だが、無駄なことだ』

たしかに、このままじゃ……ダメかもしれない。

フランさんはすご腕の元冒険者で、聖剣士だ。でも……そんなフランさんでも、この魔獣にはきっと勝てない。わたしでも、この魔獣からは、膨大な量の魔力を感じられる。

どうすれば……いいんだろう？　考えて……思いあたる。

この魔獣は、わたしを脅威だと見なしていた。

わざわざわたしを見つけ出し、こうして取り込んだ。だとすれば……わたしにこの魔獣を倒す鍵があるのかもしれない。

追いつめられたフランさんが聖剣を振るい、魔獣の手を両断する。それでも、魔獣は倒れない。けれど……その瞬間、大量の魔力が放出されるのがわかった。

この魔獣は、自分からフランさんに手出しをしようとしなかった。フランさんと戦っても、この魔獣は勝てると踏んでいるようだ。ただ、無傷では済まないとも思ったのだろう。だから、面倒な相手だと思って、最初は戦いを避けたんだ。

この魔獣がフランさんを脅威だと感じているなら、フランさんが魔獣を弱らせたタイミングを狙って……わたしがこの魔獣をテイムすれば、なんとかできるかもしれない。

ただ、こんな強力で、強大な魔獣をテイムしたことはなかった。テイムの結果、どんなことになるかわからない、そもそも魔獣に捕らえられたこの状態で、テイムが使えるかもまったくわからない。

それに……もし失敗すれば、魔獣に仕返しされるかも。怒らせて、殺されてしまうかもしれない。

それでも、やってみるしかない。

フランさんにもし相談したら……止められるだろう。

きっと「そんな危険なことをアルテさんにさせるわけにはいかないよ」と困った顔をするは

ずだ。フランさんはわたしのことを大事にしてくれている。

でも、だからこそ、わたしはフランさんの力になりたい！

ガラスの画面には、エルくんが赤竜の姿になり、その背にフランさんを乗せて飛んでいる様子が映されている。

ふたりとも息がぴったりだ。ちょっとうらやましい。帰ることができたら、エルくんとももっと仲よくしよう。

エルくんの口から火が噴かれ、魔獣にダメージを与える。フランさんが放った聖剣の斬撃も、魔獣の表面を傷つけた。

致命傷ってわけじゃなさそうだけど、魔獣は苦しんでいる。うめき声が聞こえるから、確実だ。ただ、まだ一歩、弱りきっていない。

次の瞬間、魔獣はさらなる攻撃を受けた。ガラスの画面に、斜め上から飛んでくる魔法の弾丸が映る。

その大きな赤い光の線は、魔獣を切り刻んだようだった。

「……イリヤ！」

わたしは思わず叫んだ。ローブをまとった黒髪黒目の少女。彼女は真っすぐに怒りに燃えた瞳で、魔獣を見つめていた。

きっと……わたしのことを助けに来てくれたんだ！

そこにさらにフランさんがもう一度攻撃を叩き込む。フランさんの表情も……いつもの笑顔ではなくて、青い瞳はどこまでも真剣だった。

みんなわたしのことを心配してくれているんだ。

でも、このままじゃ、この魔獣の反撃で、みんな死んじゃう。

今しか……ない。魔獣は今までで一番弱っている。

真っ暗な空間の中、わたしは手をかざす。

「テイム！」

わたしの叫びとともに、青く淡い光が、わたしの右手の甲から、真っ暗な空間へと輝きだす。

同時に、外の様子を映しているガラスの画面が消えた。真っ暗な空間の中、わたしのテイムの光だけが美しく輝いていた。

『貴様……なにをした⁉』

魔獣の怒りの声が響いた。さっきまでとは違う、人を脅《おど》すような恐ろしい声だ。

でも、わたしはぜんぜん怖くなかった。

「あなたをテイムするの」

『まさか……私に取り込まれた状態でも、テイムのスキルが使えるとはな……。あの男に騙された……』

あの男とは誰だろう？　いや、そんなことよりも、この魔獣をテイムする方が先だ。

わたしは意識を集中する。

『私はただの魔獣ではないぞ。貴様のスキルをもってしても、私をテイムできるわけがない！』

「残念だけど、わたしもただのテイマーじゃないの。わたしは……聖剣士フランさんの仲間で、魔獣研究者のテイマーだから」

きっとうまくいく。

フランさんやエルくんやイリヤがわたしを助けてくれようとしているんだから、わたしもがんばらないと。

魔獣の抵抗力はかなりのものだった。知性を持つ魔獣だから、魔力を利用して抵抗しているんだ。けれど……わたしも元宮廷魔術師見習い。魔力の扱いには慣れている。

わたしの手がさらに強く輝き……白いまぶしいほどの光を放った。

『こんなところで……こんな小娘にテイムされるなど……』

真っ暗な空間の中に、赤い幾何学的な模様が浮かぶ。テイム成功の模様だ。わたしの右手の甲にも、新たな模様が刻まれた。

同時に真っ暗な空間が晴れていく。

わたしがいたのは、塔のような形の魔獣のてっぺんの部分みたいだった。魔獣によって作られた黒い空間が消えていくと、外の明るい様子が見えてくる。

いつのまにか空は晴れていた。

やった……！　助かったんだ。そう思っていたら、わたしは大事なことに気づく。

ここは空の上だ。塔状の魔獣がいなくなったら、このままわたし、真っ逆さまに落ちちゃうんじゃ……。

わたしは顔を青くして、次の瞬間、予想通りのことが起きる。魔獣の存在は完全に消えて、わたしの体は空に投げ出される。

こ、このままじゃ……死んじゃう！

びゅんと、風を切る音がした。次の瞬間、わたしの体は、なにか大きな物につかまれていた。

「あ、アルテさん⁉　……無事でよかった」

わたしを助けたのは、竜の姿のエルくんと、その背に乗ったフランさんだった。

フランさんはほっと安堵のため息をつく。そして、青い瞳でわたしを見つめた。その目には、うっすらと水滴が浮かんでいる。もしかして……泣いている？

「アルテさんが連れ去られたとき、もうダメかと思った。僕のせいで……ペルセのときみたいに、また死なせちゃうんだと思ったんだ。すぐに助けられなくてごめん」

「と、とんでもないです！　わたしこそご心配をおかけしました」

「いや、あの魔獣をテイムしようなんて、無茶だと思ったよ。でも、それを成功させたのが、アルテさんだ。僕らはなにもできなかった」

「そんなことないです。それに……わたしを必死に助けようとしていただいて……とってもうれしかったです。エルくんもありがとう」

エルくんは、『べつに……』と龍の姿で、心に直接伝える方法でつぶやいた。以前はそっけないと思ったエルくんの態度だけど、今ならわかる。たぶん、照れているのだ。

エルくんの背中の陰から、白いもふもふが顔を覗かせる。

「きゅっ！」

「キュピー！　無事だったんだね！」

キュピーはわたしの腕の中にすぽんと収まった。みんな無事で……本当によかった。

わたしたちは地上に降りる。エルくんは優しく着地し、そして人間の姿に戻った。その頬は赤くて、わたしを睨んでいる。

「……無事でよかったな」

「心配してくれていたの？」

「まあね」

エルくんはぷいっと顔を背けた。やっぱり照れているんだ。

そうしていたら、今度はイリヤがやって来て、わたしに飛びついた。

「い、イリヤ⁉」

「わ、私……アルテが死んじゃったかと思って……」

イリヤは涙ぐみ、ぎゅっとわたしに抱きついた。わたしは微笑んで、そっとその髪をなでる。

「助けに来てくれてありがとね」

フランさん、エルくん、イリヤ、キュピー。みんな……わたしの味方だ。

そういえば……テイムした魔獣はどうなったんだろう？

わたしはあの魔獣を殺したりなんてしていない。テイムしただけだ。その結果、魔力で作った体を維持できなくなったんだと思うけれど……。

「ああ、それなら……たぶん……」

フランさんは瓦礫《がれき》の中から、サイコロよりも少し大きいぐらいの、黒く半透明の石を拾った。

表面には、赤い線が何本か走っている。

フランさんはわたしにそれを渡した。

「……これが魔獣なんですか？」

「ああ、そうだね。本来の意味での魔獣とは少し異なるけれど」

そういうフランさんの顔は険しかった。

わたしはその意味を尋ねようとして……フランさんのうしろにいる人物に気づいた。ローブをまとった、白髪白ひげの老人。背が高く、威厳のある風貌。

宮廷魔術師のグレンヴィル様だった。

グレンヴィル様は、フランさんの肩を軽く叩いた。

「よくやってくれた、フラン」

「僕の力ではありません。アルテさんのテイムの力があればこそ、ですよ」

「そうだろうな」

グレンヴィル様はあっさりそう言うと、わたしに向き直った。その瞳で射貫かれると、いまだに身がすくむ。

だが、グレンヴィル様の口から出たのは、意外な言葉だった。

「アルテ……宮廷に戻ってくるつもりはないかね？」

「え？　でも、わたしはテイマーだし……」

「宮廷の上層部の頭の固い連中は説得した。これからはテイマーの力がますます必要になる。魔獣の脅威は拡大しているのだ……なぜなら……」

グレンヴィル様は口ごもった。代わりに、フランさんが続ける。

「魔獣の軍事利用。それに人間の魔獣化。どこの国でも進めていることですからね」

フランさんは淡々と言ったが、わたしには衝撃だった。魔獣を軍事利用する？　教会の異端者である魔獣を、国が堂々と軍事利用するなんてありえるんだろうか？

それに人間の魔獣化なんて……。

「今度の王都の巨大魔獣の出現の件、宮廷魔術師の幹部にはきっかけに心あたりがあるのではないですか？　先日、僕が王都を訪れたとき、東地区に現れるはずのないチャペル・ベアがいた。あれは宮廷魔術師が実験に使っていたのでは？」

たしかに、初めてフランさんに会ったとき、わたしはチャペル・ベアに襲われた。そのときに宮廷魔術師のような人影を見かけたけれど、あれは見間違いじゃなかったんだ。

それに……クロス山に現れた宮廷魔術師たちも、魔力と魔獣の豊富な場所でなにか実験をしていたのかもしれない。

グレンヴィル様は顔色を変えなかった。

「実験？　なんの実験だというのかね？」

「人間の魔獣化ですよ。王都の東地区に現れた魔獣。あれはグレイ王家が人間の魔獣化を試みた失敗作なのでしょう？」

フランさんは、グレンヴィル様を問いつめた。わたしもイリヤもエルくんもびっくりした顔で、ふたりを見つめる。キュピーだけは首をかしげ、「きゅきゅっ」と鳴いていた。

グレンヴィル様は眉ひとつ動かさない。

「なんのことかな。ともかく、アルテ。我々には君が必要になった。……過去に、君を追い出したことは謝ろう」

グレンヴィル様は深々と頭を下げた。わたしは驚きのあまり硬直して、数秒経ってから、慌ててグレンヴィル様に声をかける。

「や、やめてください。グレンヴィル様」

「もともと私は、最初に会ったときから、君はテイマーになるかもしれないと思っていた」

さらに衝撃的な発言に、私は絶句した。どういうことだろう？　それなら、なぜ私を追放したのだろう？

「君の銀髪銀眼の容姿は、トラキア人の血を引いていることを示唆していたからな。私は、テイマーの宮廷魔術師を育成するつもりだったから、君を拾った。だが、宮廷上層部の意見で、不本意ながら、テイマーだと判明した君を追放せざるを得なかったのだよ。が、今度の事件でテイマーの有用性を示すこともできたのだ。もはや君の宮廷への復帰に、なんの障害もない」

「そ、そうだったんですね……」

「アルテ、宮廷に戻ってきてくれるかね？　君を正式な宮廷魔術師にする準備もできている」

イリヤがぱっと顔を輝かせた。イリヤはわたしに、宮廷に戻ってきてほしいと思っているからだ。

わたしも……追い出された直後なら、喜んで宮廷に戻ったと思う。宮廷魔術師になるのは、わたしの夢だった。

けれど……。

振り返ると、フランさんは優しく、そして寂しそうに、わたしを見つめていた。

「アルテさんの好きにしていいよ。宮廷魔術師になるのは、アルテさんの夢だったんだよね？」

わたしはフランさんの青い瞳を見つめ返した。

そして、静かに尋ねる。

「フランさんは、わたしにどうしてほしいですか?」

「え? いや、僕が口を出すべきことじゃないし……僕の意見なんか聞かなくても……」

フランさんは遠慮がちに言う。だけど、わたしは首を横に振った。

「フランさんの意見を聞きたいんです。わたしはフランさんのことが……大事で……大好きです。でも、フランさんは?」

わたしの問いに、フランさんは顔を赤くして、ためらって、そして、小声でつぶやく。

「アルテさんは……僕にとって必要な存在だ。テイムの力があるからじゃない。いつも真面目《まじめ》で、仕事熱心で、優しくて、人間にも魔獣にも思いやりがある、素晴らしい人だからだ。そして……アルテさんは僕の大事な仲間だよ。できれば、僕と一緒にいてほしい。でも……それはアルテさんの決めることで……」

「なら、決めました」

わたしはあっさりとそう言い、フランさんは「え?」と目を白黒させた。わたしはもう一度グレンヴィル様の方を向いて、そして真っすぐに彼を見つめる。

「わたし、宮廷には戻りません。トゥル村で魔獣の研究のお手伝いをしたいし……それに、フランさんのそばにいたいですから」

わたしははっきりと、ためらうことなく、そうグレンヴィル様に告げた。グレンヴィル様は数秒ほど無言で、そして、「そうか」とだけつぶやき、踵《きびす》を返して立ち去っていった。

イリヤだけが残念そうに、わたしを見つめる。

「また……アルテと一緒にいられると思ったのに」

「ごめんね。イリヤ」

「ううん、いいの。アルテはフラン様のそばにいたいんだものね」

イリヤは笑顔になり、そして、わたしの肩をぽんぽんと叩いた。エルくんはほっとした様子で、フランさんは呆然としていた。

フランさんがおずおずと言う。

「本当によかったの？　後悔しない？」

「ぜんぜん後悔なんてしません。これは、自分で決めたことですから！」

わたしはにっこりと微笑んだ。キュピーも、まるで賛成するかのように、きゅっとうれしそうに鳴いてくれる。フランさんはしばらくのあいだ固まり、それからゆっくりと笑顔になった。

「ありがとう、アルテさん」

「お礼を言うのはわたしです。フランさんがいたから、わたしは……居場所を見つけることができたんです」

もう宮廷魔術師になれなくても、落ち込んだりすることもないし、つらいこともない。

テイムのスキルを呪うこともない。

だって、わたしには居場所もあって、仲間もいるのだから。

フランさんはいつも通りの明るい笑みを浮かべて、わたしたちに言う。

「さあ、行こうか。アルテさん。僕たちの屋敷へ帰ろう。もふもふ図鑑の作成に戻らないとね。今夜はとっておきのご馳走を作るよ」

「はい！」

わたしは勢いよくうなずいた。

もちろんエルくんとキュピーも一緒で、ついでに休暇を取ってきたというイリヤまで、わたしたちと一緒にトゥル村に帰ることになった。

また、お屋敷での生活が始まる。

これから、どんなことが待っているんだろう。

心配事もある。これからもわたしはフランさんのお役に立てるんだろうか。それに……魔獣の軍事利用と、人間の魔獣化。フランさんとグレンヴィル様は、そんな恐ろしいことを話していた。

わたしのテイムのスキルもそこに関わってくるとすれば……また、大変なことが起きるかもしれない。

でも、今は問題を解決して、みんなでお屋敷に帰ることができる。わたしの居場所へ戻ることができるんだ。

フランさんが急にわたしの髪をくしゃくしゃっとなでた。びっくりして、フランさんを見上げると、フランさんはうろたえたようだった。

「きゅ、急にごめん。アルテさんを見ていたら……つい、こうしたくなって」

「謝らないでください。ご褒美に、もっと……髪をなでてくれてもいいんですよ？」

わたしがからかうように言うと、フランさんは顔を赤くした。

フランさんたちとの平和な生活がいつまでも、続きますように。わたしはそう願って、そして、フランさんの大きな手で、もう一度、髪をなでられた。

ＥＮＤ

あとがき

こんにちには。軽井広と申します。

宣伝で恐縮ですが、本作品以外にふたつの作品を刊行しています。師弟のラブコメ・ファンタジー『追放された万能魔法剣士は、皇女殿下の師匠となる』、姉バカ姫がショタな弟と運命に立ち向かう『やり直し悪役令嬢は、幼い弟（天使）を溺愛します』のふたつの小説が発売中ですので、よろしければ、どうぞよろしくお願いいたします（漫画版もあります）！

以上の二作品は、投稿サイト「小説家になろう」に投稿したものでした。一方、本作品『もふもふ図鑑』は、書き下ろしの内容となります。書き下ろしで本を出すのは初めてなので、お声がけいただき大変うれしかったです。

いつもあとがきにはなにを書けばいいのか悩みます。一方で、あとがきから本を読むという人も多く（私もそうです）、おもしろいあとがきが書ける方のことはとても尊敬しています。

私を含め、本をあとがきから読む方のために、以下はネタバレを含まない作品の小ネタです。

・途中で植物学者の理学博士マキノという人物が登場します。これは昔の日本の偉大な植物学者・牧野富太郎から名前をいただいているのでした。本作品は、もふもふの魔獣の図鑑を作るという話ですが、牧野富太郎は植物図鑑を作った方ですね。

・最近フランス料理店を舞台にしたミステリ作品を読んで、文章のみで料理がものすごくおいしそうに描かれていることに感動しました。この作品の主人公のアルテも、聖剣士のフランの家で暮らすことになり、彼に何度も料理を作ってもらうことになります。この料理はイタリア風のものが多いです。少しでもおいしそうに描けているといいのですが……。

最後になりましたが、とても素敵なイラストを描いていただいた椎名咲月先生、ありがとうございました！　アルテたちが本当にかわいくてとてもうれしいです。また、諸々大変お世話になったF様、また内容について丁寧にコメントいただいたS様をはじめ、関わっていただいた皆様にも深く感謝します。

そして、お読みいただいた皆様、ありがとうございます。別の機会にも「軽井広」の名前を見かけることがあったら、手に取っていただけるとうれしいです！

軽井《かるい》 広《ひろし》

宮廷を追放された最強テイマーは、
Sランク冒険者に拾われました
～のんびりもふもふ図鑑を作るので構わないでください～

2021年7月5日　初版第1刷発行

著　者　軽井 広

発行人　菊地修一

発行所　スターツ出版株式会社

〒104-0031　東京都中央区京橋1-3-1　八重洲口大栄ビル7F
☎出版マーケティンググループ　03-6202-0386
（ご注文等に関するお問い合わせ）

https://starts-pub.jp/

印刷所　大日本印刷株式会社

ISBN　978-4-8137-9089-1　C0093　Printed in Japan

［軽井 広先生へのファンレター宛先］
〒104-0031　東京都中央区京橋1-3-1　八重洲口大栄ビル7F
スターツ出版（株）　書籍編集部気付　軽井 広先生